MANTICE

ou

Discours de la verité de Diuination par Astrologie.

Autheur Pontus de Tyard, Seigneur de Bissy.

Seconde Edition augmentee.

A PARIS,

Chés Galiot du Pré, ruë Sainct Jaques, à l'enseigne de la Galere d'or.

AVEC PRIVILEGE DV ROY.

AV ROY TRES-CHRESTIEN, CHARLES NEVFIEME DE CE NOM.

Sire

POVRCE que le desir qui attire l'homme amoureux des sciences, (lequel par les anciens fut nommé Philosophe) ne tend à autre fin qu'à la vraye cognoissance des choses diuines & au bon gouuernement des choses humaines, le plus grand bien que puisse auoir vn peuple, est d'estre souz vn Roy affectionné de tel desir. Le plus grand heur duquel vn Roy puisse estre accompagné, est de gouuerner vn peuple incliné à si louable fin. Car par la mutuelle volóté de l'vn à l'autre, tendant à la congnoissance des choses celestes & diuines, s'exerce entre les hommes la reuerēce & l'honneur qu'on doit porter à Dieu. De l'instruction de telle pieté, auient que les saintes loix sont inuiolablement obseruées, le peuple contenu en son deuoir, & le bien public n'est iamais empiré. Mais il est presque impossible d'arriuer à si haute perfection, si les lettres ne seruent de guide, & ne monstrent la verité, empeschant que les vmbres & vaines apparences, ne tiennent en l'esprit lieu des corps & choses veritables. Car comme la verité est inseparable compagne de la vertu, & le mensonge certain pere & nourricier du vice, aussi les lettres desquelles l'on apprent la verité, sont vertueuses, & leurs contraires vitieuses & indignes des grands entendemens, c'est à dire, des Roys &

Deuoir d'vn suiet enuers son Roy.

des Philosophes, desquels les ames (comme non trop en vain la fable de Platon rapporte) auant que descendre ça bas, auoient ensemble ouï de plus prés les hauts secrets du conseil priué, & approché le saint festin des Dieux. L'amour des lettres & la curieuse recherche de ceste verité, SIRE, semble estre au premier reng des rares accomplissemens, desquels vostre Maiesté est tant richement illustree: & doit vostre France l'estimer tres-heureuse d'obeïr à vn Roy, souz le siecle duquel elle se peut parangonner (pour ne dire d'auantage) à toute autre prouince, en fertilité d'hommes doctes en toutes sciences, & en beauté & richesse de langage, pour exprimer & escrire disertement, tout ce dont les nations Grecques & Latines ont esté par leurs escrits liberalles à la posterité. La monstre d'infiniz beaux liures en fait tous les iours preuue plusque suffisante. Voire la faueur de laquelle vous honorez les lettre si gracieusement, doit pousser les plus stupides, & les reueiller du plus profõd someil, afin qu'ilz produisent vn tel fruictz que vostre peuple en puisse tirer & proffit & plaisir: & vostre Maiesté receuoir quelque contentement. C'est, SIRE, ce à quoy i'essaye de m'employer par la consecration de ces miens escrits, offerts tres-humblement à vostre Maiesté, pour laquelle ie supplie tres-deuotement Dieu, que la vraye cognoissance des choses diuines, & la bonne & prudente administration des humaines, soient si saintement cõiointes souz vostre tres-chrestienne corõne, que toute glorieuse & memorable prosperité la puisse tousiours accõpagner, & que ie puisse auoir l'heur de luy estre autant aggreable, comme ie luy suis,

Tres-humble, tres-fidele & tres-obeissant subiet & seruiteur,

PONTVS DE TYARD.

MANTICE

OV

Discours de la verité de la Diuination par Astrologie.

NTRE les hommes, qui, transportez par vn temeraire desir, ont tasché de s'esuoller au plus haut degré où leurs superbes pensées aspiroient, ne fut onques trouuée plus memorable ambition, que de ceux qui, impatiens de se contenir sous la peau de l'humanité, se sont esleuez au souhait desnaturé d'estre Dieux: ou, defaillant la puissance d'atteindre à celle impossible majesté, s'en acquerir du moins les honneurs & la reputation. Salmonée, Cosdroe, Xerxes, furent diuersement transportez de ceste passion. Thuras, Roy d'Assirie, apres Ninus fut plein de si braue fierté, qu'ayant defait le Tyran Caucase, descendu de la race de Iapet, il fut adoré des Assiriens comme Dieu, auec le nom de Baal, qui signifie Mars, & Dieu des battailles & armées. Thulis (duquel l'Isle Thule emprunta son nom) ayant par trop hou-

L'homme souhaite d'estre Dieu.

reux succez commandé au Royaume d'Egypte, & de là jusques au froid Occean, osa s'enquerir de l'oracle de Serapis, qui ou auant ou apres luy l'auroit outrepassé ou l'outrepasseroit de grandeur. La responce fu admirable & telle: πρῶτα θεὸς μετέπειτα λόγος καὶ πνεῦμα σὺν αὐτῷ : Premierement Dieu, apres la Parolle & l'Esprit auec eux.

Cotoys Roy de Thrace, affectāt la diuinité.

Le Thracien Roy Cotoys s'estoit persuadé, & vouloit que chacun receust pour vraye ceste persuasion folle, que Pallas souuent de nuict l'accompagnoit voluptueusement. Clearche ayant occupé la Tyrannie en Heraclée oubliant qu'il estoit homme, deuint tant insolent, qu'il se disoit fils de Iupiter, & pour marque de sa race allant par païs faisoit porter vne Aigle deuant soy, & nommoit son fils foudre .i. Ceraune.

Numa.

Numa affermoit vne sienne familiere accointance auecques la Deesse Egerie.

Alexandre.

Alexandre prochain de la mort (laquelle il eust voulu estre incogneue pour demeurer en reputation d'estre deifié) se vouloit cachément noyer dedans le fleuue Euphrate.

Clite.

Clite, en ce mesme temps, ayant gaigné trois ou quatre Naufs Grecques seulement, chargeant vn Trident en sa main, souffrit d'estre appellé Neptune.

Demetrie.

Demetrie (auquel Fortune feit quelque part des grandeurs d'Alexandre) estoit nommé Iupiter, & vouloit ses responces auoir le nom d'Oracles.

Quelques Empereurs Romains.

Et les Empereurs Romains, affollez de ceste Manie, de quelle ancienne Deité ne se sont-ils emparez? Cæsar Auguste ayant premierement permis qu'vne statue luy fut dressée auec inscription de demy-dieu, osa en fin souffrir d'estre nommé Dieu non vaincu: & sur-nommé Iupiter. Senat luy ordonna des festes Quinquenelles comme aux Heroës, & luy ayant dedié vn temple sous le nom de Clemence, commanda que le peuple iurast par la fortune & santé de Cæsar. Marc

Anthoine s'enfla de pareil desir quand il faignit Cleopatra estre Isis, & luy Osiris en Egypte: Et quand en Athenes il voulut estre nommé Bacchus: à quoy les Atheniens voulurent assez ridiculément complaire, luy donnans leur Minerue pour femme. Aussi vengea-il facecieusement leur moquerie en approuuant ce traicté, par lequel il se feit donner cent mille escuz pour le mariage de sa nouuelle espouse. Ne fut Sex. Pompée follement hautain pour vne battaille naualle gaignée contre Cæsar Auguste de se faire estimer fils de Neptune, & vestu d'vne robe bleuë, en couleur marine ietter dedans la mer des cheuaux & des hommes? Caligule, qui se vantoit d'auoir la Lune à commandement d'vne estrange familiarité, & que Iupiter & luy souuent parloient ensemble. Tribonian subtil, voire excellent d'esprit, mais extremément meschant, auoit abreuué l'Empereur Iustinian de semblable humeur, luy faisant asseurance d'vne immortalité: & luy persuadoit que vif & sensiblement il monteroit au Ciel. Et n'ont les femmes eschappé ceste coulpe entre lesquelles Semiramis se trouue auoir esté esprinse tant outréement de ceste ambition, qu'elle feit insculper son image sur le mont Bagisthene de Medie, en vne pierre longue de dixsept stades: deuant laquelle cent hommes ainsi que Prestres faisoient continuelles offrandes. Et la femme d'Euagore Roy de Cypre se faisoit appeller Latone, Diocletian, & vn grand nombre d'autres, ont laissé les Histoires pleines des mysteres, par lesquels taschans d'estre estimez Dieux, ils donnerent à leurs follies bruit d'immortalité. Auec vne machine expresse bruyoit à l'enuy contre le Tonnerre & esclairoit contre les esclairs pour monstrer de sa diuinité, Alexandre Helingabale. Ceste superbe imagination esguisa

Caligule.

Diocletian

Psaphon.

l'esprit à Psaphon Lybien, de nouuelle industrie, quand ayant à vn grand nõbre de Pies, Geaiz, & autres oiseaux (qui sous la maistrise du ventre se deslient la langue en humaine parolle) apprins à dire bien entendiblement (Psaphon est grand Dieu) il les laissa voller, à fin que par aduertissement de ces oiseaux, les hommes s'abaissassent à luy donner le nom & les honneurs d'vn Dieu. Mais si ce desir s'enfla onq dans les ames, iusques à la violence de fureur

Imposteurs qui pour estre estimez diuins, promettent de predire & deuiner.

impudente, il me semble que c'est en celles de certains imposteurs, qui, tenans boutique de mensonges (ainsi que beaux Apollons) respondent à toutes demandes dont il sont consultez sur les choses passées, presentes & aduenir : pour, comme Dieux, aumoins viues Idoles, se faire sacrifier grasses offrandes, & espuiser d'argent les bourses des credules. Ce ne leur est rien, qu'en consideration des lignes de la main, de-

Chiromãs.

uiner chiromantiquement : ou par denombremens diuers des

Onomans.

lettres des noms, en Onomantie predire à quelqu'vn ce qui

Geomans.

luy doit aduenir. La Geomantie en desordonné assemblement de poincts ressortans du mesparsement des autres poincts

Oniropoles.

semez à la fortune, & les songes interpretez, sont trop familier & naturel subjet pour acquerir nom de diuin Deuin. Ils tentent (mais vainement, les simples) bien plus ma-

Magiciens, & inuocateurs de diables.

gnifique chose. Le Ciel & les Enfers ne leur sont iamais cloz : ils peuuent inuoquer les Anges & les Esprits de toutes parts du Monde, ne laisser Demon en l'air, ny aux autres Elemens, non aucun Roy des legions infernales qui ne monte çà haut, pour, forcé, venir à cest autre Dieu : & en recognoissance d'obeissance deue à son commandement s'emprisonner dedans vne Phiole, se representer en l'ongle, en la main, en vn miroer, en vn bassin, ou en vn fond de paile:

& par tout se reuestir d'vn corps tel qu'il luy sera commandé : voire sonner vne voix respondante miraculeusement. Vrayement ie m'esmerueille comme tels imposteurs peuuent trouuer des yeux & des oreilles tant aisées à tromper sous la feinte de quelques Images ou miroërs de perspectiue & semblable artifice de main : ou par la cautelle d'vne voix contrefaite, & subtilement encauée au creux du gozier, comme il se voit beaucoup de tels bateleurs auec leur Iandes vignes, imitans les Engastrimantes, ou Engastrimythes anciens. Et trouuerois plus excusable la creance donnée aux Pies de Psaphon, qu'aux friuolles illusions de ces moqueurs deuins, & non magiques Magiciens, indignes non seulement du sur-nom de la Diuinité, mais encores d'estre estimez hommes, qui sous la face humaine tesmoignent par la raison de quelle espece ils sont : car si l'entendement humain est capable de preuoir le futur, & si en quelque sorte Diuination est vne verité, celle me semble seulement receuable, qui affranchie de toute superstition, s'exerce par cognoissance de quelque raison naturelle. Ie sçay bien que des le temps plus vieil qu'aucune memoire, en toutes nations ha tousiours esté creu parmi les hommes estre vne capacité de predire l'aduenir : toutesfois auec le cours des ans, les mensonges affoiblies ont tant esté forcées de la verité, que d'infinies pieces rapportées anciennement au tout de Diuination, n'en reste qu'vne receue & honorée aucunement. Il ne se trouue plus de Galeotes en Sicile. Les Augures & Auspices, les considerations des entrailles sacrifiées, & toutes ces superstitions, que l'Hetrurie nourrissoit, sont esteintes. La diabolique Goëtie est destruite auec l'antiquité Egyptienne. Les euocations & Phitoniques & Euriclites sont abolies.

Engastrimantes.

Quelle diuination peut estre vraye.

Anciennes superstitiōs esteintes.

Galeotes.
Augures.
Auspices.

Goëtie.
Phitoniques & Euriclites.

& n'est plus vraye nouvelle, comme au vieil temps, de Demon ny d'Esprit. Des Pyromanties, Hydromanties, & autres de semblable denomination, ne restent que les noms. Les Philtres, Breuets, ou Amuletes, desia condamnées du regne de Caracalla, les Epodes, Carmes, ou Charmes ont vn bruit sans effect: & ne croy pas (bien qu'assez de telles fables remplissent noz oreilles) que quelque autre Pasete nous face soudain apparoir vn festin dressé de viandes abondantes: & puis (aussi soudain) trompant noz bouches & noz yeux, le face esuanouir. Ou, comme on recite de ce Pasete Magicien, que l'argent dont il auroit payé vn debte (trompant le crediteur) ressautast dans sa bourse. N'attendons plus de voir les lettres Ephesiennes: ny (que lon escrit Pythagore auoir fait, escriuant de sang sur vn miroër dessous les raiz de la Lune estant pleine) noz conceptions escrites dans le rond de la Lune. Car toutes ces belles singularitez vantées par certaines receptes, ne se trouuent pourueuës d'aucune espreuue: & ne se trouue plus que par ces industries l'on se puisse auiourd'hui faire sage, ou receuoir aucun aduertissement desiré du futur. Donques des façons de deuiner, qui iamais eurent lieu, est seulement demeurée l'Astrologie, qui se promet, par consideration des mouuemens celestes, de discourir sur les temperamens des Elemens simples & des corps meslez & composez: & de preuoir les effects qui (par le moyen de ces temperamens) aduiennent en tous les corps du Monde inferieur. Science vrayement, qui (si elle est vraye) doit sans empesche passer deuant toute autre, comme salutaire & vtile aux humains: & par laquelle le but desiré de ceux qui aspirent à estre estimez Dieux se pourroit atteindre de plus prés. Mais autour de l'Ouy &

Diuerses Manties. Charmes & Breuets.

Estranges prestiges de Pasete.

Lettres Ephesiénes

Lettres escrites dans la Lune.

Astrologie iudiciaire, seule Diuination.

Diffinition d'Astrologie.

du nom de sa verité, est vn nœud fort difficile à deslacer: arrestant à mon opinion tous ceux, qui auec plus d'esgard bien aduisé, que de legere creance, essayent de cueillir le bien qu'elle se dit auoir: ce qui nous empeschoit bien embesongnément (n'a pas long temps) le Curieux & Mantice ami mien excellent en ceste profeßion, le nom duquel ie cele sous cestui, en vn lieu où beaucoup de personnes doctes, & de bon iugement y assemblées prenoient vn plaisir singulier d'ouir le Curieux, qui auec vne naïue liberté (en laquelle il se permet tousiours de desdire tout ce-qui par raison ne luy est viuement demonstré) se declairoit contraire à Mantice, qui exauçoit d'infinies louanges son parti de Diuination. Longuement & par diuers argumens chacun sousteint sa cause: & n'oublia rien le Curieux de ce-que peurent onques dire Archelas, Cassandre, Scilax, Halicarnassée, Ciceron, Phauorin, Plotin & tels anciens Philosophes, suiuiz depuis de plusieurs: mesmes presques de ce temps par Marsille Ficin & l'admirable Conte Pic de la Mirandole. Contre luy Mantice, iusques à la colere, s'esmeut fort viuement à l'aide des anciens & modernes protecteurs de sa discipline: & furent de telle vehemence leurs parolles mises hors, que malaisement les pourray-ie rescrire au vray. Außi me suffirail, recercher par cy par là dans ma memoire, ce de leurs discours, dont i'auray plus prompte souuenance. Et sera assez que ie vous donne à comprendre par ce peu que i'en diray, les aduis de tous deux, n'affectant plus curieusement la bien entresuiuie dispoßition des raisons qu'eux mesmes ausquels l'affection fournissoit de tant confuse abondance, que la langue ne pouuoit assez hastiuemēt declairer l'vne pour faire sortir l'autre. Le Curieux donq commença ainsi: Sçachāt

L'office du Curieux.

Commācemēt du Dia

logue, contre l'Astrologie Iudiciaire.

bien qu'auec non moindre peril celuy entreprend de descouurir la friuole legereté d'vne superstition imprimée en l'opiniastre credulité d'vn peuple grossier & non exercé auec la raison, que celuy, qui essaye de soumettre à vn ioug de vile & insupportable seruitude vne nation libre, genereuse & magnanime, ie n'aurois assez de hardiesse au front, ny d'asseurance au cueur, pour auec digne liberté dire ce que ie sens contre la vanité de l'Astrologie diuinatrice, si ie ne cognoissois les personnes, ausquelles ie parle, accomplie en candeur de plus sein iugement. Et moins si ie n'estois préuenu de tant excellens personnages, que les plus opiniastrément superstitieux n'auront assez d'impudence pour ne rougir, voulans contredire l'authorité de tels & non reprochables tesmoins : car si les constitutions de noz Papes leur sont soupçonnées : Si les loix des Empereurs leur semblent tyranniques : s'ils iugent les aduiz & responces des Prudens & sages administrateurs des republiques estre trop affectionnez en l'egard de la tranquilité, & bien liée police de leur peuple : & s'ils osent nier la reuerence deuë à la diuinité des oracles Prophetiques, par lesquels leur science diuinatrice est condamnée : les raisons apparentes & naturelles des Philosophes suffiront tant suffisamment à leur demonstrer la nullité de leur opinion : que s'ils ne sont plus simples que la mesme simplicité, plus opiniastres que la mesme opiniatreté, ou plus stupides, que Gyrines, ils la confesseront estre vaine. I'ay creu iusques à ceste heure, que de la profonde

Comme la Philosophie est source de toute sciences.

source de Philosophie, en laquelle (à l'imitation des anciens) nous nettoyons & polissons noz entendemens, & qui met en besongne nostre partie raisonnable, en discourant par disputes & diuers argumens, nous puisons la cognoissance

certaine

certaine de la nature des Choses, qui nous fait esleuer iusques en l'admiration de la Diuinité: en contemplation de laquelle noz mœurs sont meilleurées au choix des vertuz & des vices. Et que de la mesme Philosophie, toutes professions, arts & sciences de quelque valeur, ont emprunté la matiere plus solide de leurs fondemens. I'oserois quasi dire que la Theologie, quelle-qu'elle soit, recognoit en la Philosophie intellectuelle son principe & ses belles contemplations: Que nostre science ciuile & politique n'est autre chose qu'vne election de certaines institutions choisies en la Philosophie morale: Que la Medecine n'a rien de certain, que ce qu'elle s'acquiert par Philosophie naturelle, mesmes les disciplines ou Mathematiques exercées par demõstrations si fermes, qu'elles ne peuuent estre niées: d'autant qu'elles sont maniées par discours & argumentations, empruntent leurs disputations de la Philosophie ratiocinatrice: & leurs corps & quantitez continues, ou non continues, de la Naturelle. Mais si quelque secte ou profession se trouue, en laquelle l'on ne recognoisse aucune naïueté de telles marques, ie la iugerois estre fausse, mensongere & deceuante. Telle est la profession des Alchimistes, fausseurs de raisons naturelles, à la bouche desquels toutefois est tousiours ce nom de Philosophe, & qui deshonnorent la Philosophie en s'auouant souz elle faussement. Telle est celle fabuleuse & superstitieuse Magie, transportant hors de toute espece de bon sens les simples & ignorans sous le magnifique nom de Philosophie occulte: auec ses seruantes, comme Necromantie & autres telles ordures de sorcelleries vaines, ridicules & inutiles à tout: hors-mis à effaroucher les vieilles & petits enfans. Telle encores est celle sublime & esleuées Astrologies iudi-

Celles estre nommées sciẽces faussement, qui ne tirent leur source de Philosophie.

alchimistes trompeurs.

Magiciens, & Necromans trompeurs.

Astrologie Iudiciaire trompeuse.

ciaire, qui de sa pernicieuse fecondité nous ha produit vn incroyable nombre de follies de son espece, comme Geomantie, Onomantie & quelques autres telles Manties, ou (plus vray) Menteries : tant eslongnées de toute dignité Philosophique, que nul des anciens Philosophes, qui soit demeuré, par tesmoignage de quelque illustre monument digne du nom de Philosophe, se trouue les auoit d'aigné nommer tant seulement. Et quand ceste Astrologie (pour ne parler point des autres) seroit accompagnée d'autant de certitude qu'elle s'en promet, ie confesse vrayement son merite estre tant excellent, que toute autre science seroit insuffisante (pour en parangon) luy approcher de rien : & seroient par ceste raison tous les Philosophes, qui par le passé se sont (en escriuant) pensé acquerir quelque haut lieu de reputation l'ayant obmise, trompez ignoramment. Mesmes Platon & Aristote, deux singuliers miracles de l'humaine espece, seroient à grand tort surnommez l'vn diuin, & l'autre tout-sachant. Vrayement lisant leurs œuures entre-semées, voire remplies de toutes sortes de doctrines, vous ne trouuerez qu'ils ayent aucunement traité ceste maniere de Diuination, combien qu'en plusieurs passages de leurs liures, l'occasion se soit presentée d'en escrire fort commodément : & (i'ose-dire) tresnecessairement. Le Diuin Platon, descriuant la nature du Monde apres Timée, auroit-il oublié inaduertemment (discourant les Cieux) vne tant rare & singuliere efficace Celeste? Faisant raconter les mysterieux secrets du Destin des Parques, & de la necessité, auroit-il enuieusement priué les estoilles du principal maniment, que leur en donne ceste diuinatrice Astrologie? Et le tout-sachant Aristote, ayant escrit quatre liures expressément du Ciel, & vn du Monde,

Geomantie & Onomantie.

Manties alias Menteries.

Que Platō & Aristote n'ont escrit d'Astrologie.

(contre les belles demonstrations astronomiques semées en ses problemes) se seroit-il laissé tant negligemment glisser ceste occasion des mains, que traittant la substance, la forme, le nombre & mouuemens des Cieux, il n'auroit touché seulement (en passant) la cognoissance de ces admirables effectz? Quoy? Rendant raison des Meteores & apparences aëriennes faisant l'histoire, & recerchant la generation & nature des Animaux, où il n'oublie les accidens monstreux & des-naturez, pourquoy n'attribue il les causes de l'infinie diuersité en sexes, formes, qualitez, & autres choses, à l'influence du Ciel & des Estoilles? Ie ne croy que personne responde l'artifice de ceste profession leur auoir esté caché & incognu: veu qu'ils sont tenuz pour ceux, ausquels Nature ha voulu faire preuue de quelle perfection l'esprit humain se peut rendre accompli. Moins se dira qu'en leur siecle si belle curiosité n'eust esté encores descouuerte: car Eudoxe, contemporein & auditeur de Platon, Astronome & Geometre excellent, reprend expressément les Chaldées qui estoient farciz de telles superstitions: & à la verité ceste vanité ha trouué tousiours grand nombre de cædules dés la plus ancienne memoire, comme (selon la nature de deux contraires) le mensonge est aussi vieil, que la verité, qui luy est opposée de toute eternité: tellement que l'ancienneté & le nombre des professeurs, sont sa seule preuue (puis-que de raisons nous n'en cognoissons point:) Si bien (dira quelqu'vn) ces grands Philosophes n'ont escrit de l'Astrologie, si se voit-il que quelques-vns de ceux qui en ont escrit, ont esté diserts & bien disans Philosophes. I'enten assez quelle part tend ceste obiection, & sçay bien qu'entre les Latins plus excellens, Manile (qui cautement sous ombre de poësie s'est don-

Eudoxe escriuit cōtre les Chaldées Astrologues.

Obiection pour l'Astrologie.

Responſe à l'obiection

Manile.

né liberté de stile fabuleux) & Iule Firmique, Materne: & entre les Grecs Ptolomée iouissent des Premiers lieux. Manile, vrayement, & Ptolomée furent Mathematiciens subtils & excellens (honneur lequel Materne ne se trouuera meriter amplement.) Mais qu'ils ayent esté autant aiguz examinateurs des raisons naturelles, que diligens obseruateurs d'apparences Celestes, & subtils à calculer diuers mouuemēs, ie ne le pourrois croire aux froides raisons qu'ils donnent pour cause de la vertu & qualité, dont ils asseurent les Astres exercer tant d'effects dessus les corps inferieurs. Et qui ne voudra m'accōpagner en ce doute, considere comme Materne philosophe ingenieusement s'estendant sur le sens & diuine prudence des Estoilles, qui escoulent çà bas l'Ame dedans les corps terrestres, souz la necessité de certaines loix, qui font seruir le Soleil de porte pour descendre, & la Lune de porte pour remonter. Il vouloit possible imiter la Theologie Persienne, qui appelloit le Monde elementaire vne cauerne d'Ames, laquelle Homere surnommoit Dithyre, ou à deux portes, entendues par les deux signes du Brumal Capricorne, & du Cancre Solsticial. Mais luy soit pardonné ce trait poëtique, c'est à dire fabuleux, s'il ha plus pertinemment argumenté, sur la responce donnée par Socrate au Genetliaque, qui le iugeoit peruers & de mauuaises mœurs, remonstrant que la prudence & authorité des vertuz auoient vaincu la mauuaise inclination. De cecy (adiouste Materne) est à entendre ce-que nous souffrons, & qui nous esguillonne, proceder des Estoilles: mais ce-qui nous fait resister estre propre à la diuinité de l'Ame. Ceste conclusion ne me fait pas grand force: car il semble que Socrate par ceste modeste confession, feignant d'excuser

Iule Firmique. Ptolomée.

Materne reprins,

Portes des Ames.

Opiniō des Perses. le Mōde estre vne cauerne d'Ames.

De la prediction de Zopire à Socrate.

Zopire, qui par Physionomie & non par Astrologie estoit si bon deuin, n'oublia rien de sa louange, rendant à son Daimon (duquel il se disoit iamais n'estre incité, bien que retiré quelquefois) l'authorité accoustumée. Zopire cogneust au front, au visage, aux yeux, au gozier de Socrate, qu'il estoit stupide & luxurieux: soit ainsi. Mais où sont les Cieux & les Estoilles, instructeurs de ceste cognoissance? Ils n'y furent aucunement appellez, ny confessez par Socrate, qui recognoissant les humeurs naturelles pour causes des vices, & non les Astres, remercia son estude, sa volonté & sa prudence guidée par ce Daimon, du chastiement de la complexion mauuaise. Au reste ie ne veux luy refuser toute creance à ce grand recueil des contes, dont il pense fortifier sa cause: combien que ie sçache assez, que les Deuins ne sont armez pour plus seures raisons, que d'infiniz exemples, mensongers la plus part. Mais quand ce seroient Histoires veritables, l'on n'y pourroit trouuer assez de raison pour preuue de chose tant importante, en laquelle les mieux formez argumens seroient expressément requis. Et puis que tout ce que Materne dit soit aduenu, ha-il pourtant prouué que ce fust souz la deliberation & bon vouloir du Ciel & des Estoilles? Aussi peut estre cestui-cy reproché, comme ayant faute de bon sens naturel en plusieurs lieux: mesmes aux supputations Mathematiciennes, lesquelles il ne deuoit ignorer, où il s'est trouué tant mal exercé, qu'escriuant les effets de Mercure par les douze demeures du Ciel, il le dispose de nuit en la dixiesme maison: impertinence trop ridicule, veu que Mercure n'eslongne iamais le Soleil de si loing. Faute en laquelle il est recheu, figurant la naissance estimée de Lollian, où il eslongne Mercure du Soleil de quarante degrez, qui

Sublimité de Zopire.

Dexterité de Socrate.

Materne, mauuais Mathematicien.

Nota.

n'est estimé le laisser de plus loing que trente-huit ou trente-neuf, combien que la difficulté de l'obseruation de ceste Planette rende son mouuement peu cogneu d'asseurance: & dispose Venus à cinquante degrez loing du Soleil, lequel elle n'abandonne que bien peu plus de quarante-huit. S'il ha mieux entendu la grandeur des corps du Soleil & de la Lune, qu'il estime estre chacun d'vn degré, en soient iuges Ptolomée, Alfragane, Albategne, & les autres diligens Astronomes. Mais il eust beaucoup fait pour soy de ne point s'empescher de respondre à ceux qui blasmoient sa profession deuineresse: aumoins outre ce-que par tout il est plus abondant en parolles superflues qu'en sentences limées de bon iugement. Il n'eust descouuert, comme il estoit mal expert en recueil de consequences naturelles, argumentant ainsi:

Opinion erronée de Materne, Mathematicien.

De toutes choses les principes sont la plus grande difficulté: les mouuemens du Ciel sont les principes de ceste discipline, *c'est à dire de la Iudiciaire*, donq la cognoissance des mouuemens Celestes est plus difficile que celle des iugemens. *Puis il adiouste:* Ores puis qu'il appert que plus grande fut la difficulté de cognoistre les mouuemens, que de diffinir les effects & influences Celestes, que debattez vous contre la science, laquelle vous confirmez par confession des principes, & aueu d'vne sienne partie? *I'ay souuenance que sur ce fondement il estend vn long syllogisme, par lequel il se persuade soy-mesme, que sa diuinatrice soit la vraye Astronomie, princesse des Mathemates: & que si les mouuemens des Estoilles visibles & obseruables, comme apparences corporelles, ont esté cognoissables, les effects & influences procedantes par les rayonnemens de l'vn contre l'autre, sont beaucoup plus aisez à cognoistre : persuasion si legere, que ie me pourrois auec plus de raison asseurer de sçauoir par la seule veuë la secrette puissance de l'Aimant, ou de l'Ambre : & la cause pour laquelle celuy attire le fer, & cestuy le festu, puis-que leurs iaunes & noirastre couleurs me sont cogneuës. Par mesme raison sera facilement le plus grossier païsant accompli Philosophe naturel & Medecin, si par consequence du facile choix qu'il pourra faire des couleurs d'vne à vne autre fleur, ou de la saison en laquelle elle se monstre, la secrette faculté des herbes luy est encor cogneue plus aisément. Mais entre les plaisantes instructions des-quelles il veut orner son Mathematicien (puis-que de ce nom il abuse ordinairement) pour le rendre admirable, celle est notable insignément, par laquelle il l'aduertit de se garder sur tout de respondre aux interrogations faites sur l'estat de la Republique, ou la vie de l'Empereur. En bonne foy ie ne croy point qu'ailleurs se puisse lire vne plus stupide digression: car outre sa comparaison, qu'il ameine des Aruspices, aussi croyables en leurs predictions fondées sur la consideration des entrailles des bestes sacrifiées, qu'est cestuy en son friuole recueil d'Apotelesmes amassez, comme billets, interprettes des sorts de Hercule Buraïque, ou comme vers disposez Arithmetiquement au liure des prophetiques Dez. Il discourt que l'Empereur de Romme est seul exempt des influences celestes : car (dit cest homme subtil) l'Empereur n'est point subiet au cours des Astres, & est seul sur le Destin, duquel les Estoilles n'ont aucune puissance, ou disposition. Or tienne donq qui voudra Iule Materne pour autheur receuable. Quant à moy, ce trait me laisse telle opi-*

Abus des Prognostiqueurs.

nion de sa bonté & de son iugement, que la verité entre ses mains me seroit soupçonnée. Aussi ayant à donner quelque foy à ceste profession, puis-que cestuy, qui pour le respect de son stile, se sentant encores de la Latine antique naïueté, est leu & receu entre les bons autheurs, se trouue vain & de nulle authorité: tous les autres, comme Cuide Bonat, Bachon, Alcabice & son facond commentateur Ioannes de Saxonia (qui compare l'Astrologue Diuinateur au Medecin, laissant le vray Mathematicien Astronome, qu'il nomme Calculateur en comparaison d'Apoticaire, estimant ainsi les Astronomiques supputations moins honorable occupation que sa Diuinatrice, la maistrise de laquelle il dit n'estre empeschée pour l'erreur d'vn degré au vray lieu d'vne Planette) Haly faussaire de son Ptolomée en cent endrois mesmes en son inuention de l'Alcocoden, Messahale, Almansor, Albumasar, & Zahel. I'adiouste ces liures imposteurs faussement & d'vne insupportable impudence attitrées à Moyse, auec l'Aneau d'oubly, par lequel il esteingnit l'Amour dont Thaïbi brusloit pour luy: & à Seth & à ses enfans, que ces fols feingnent auoir escrit en pierre, pour trõper l'outrageuse ruine du Deluge préueu per eux deux cens trente ans apres la creation d'Adam: & les autres à Pythagore, Platon, Aristote. Tous ces liures barbares (veux-ie dire) & ainsi surnommez, pour, sous la venerable authorité de ces grands Philosophes & personnages antiques, trouuer place entre les simples curieux, & malicieusement suborner les esprits flexibles, encores tendres, & peu armez de raison, pour descouurir les cautelles tendues, doiuent estre laissez trop honorablement enseueliz en la poudre, & mangez d'artaisons, pour en leur lieu meritément sur tout autre (& ie puis

Barbares autheurs de l'Astrologie.

Ridicule opinion de Ian de Saxe

Liures d'Astrologie, publiez sõ faux titres: & l'Aneau d'oubly de Moyse, aimé par Thaibi.

ie puis dire vniquement) rappeller Ptolomée, qui s'appuye toutefois sur des causes naturelles tant mal accompagnées de raisons persuasiues, que luy estant creance refusée, l'Astrologie Iudiciaire se tienne seure d'auoir cause perdue. Qu'ainsi me soient les Muses fauorables, & ainsi puisse estre ceste mienne opinion receuë de vous aggreablement, comme i'ay en reuerente admiration la viue perspicacité & l'esmerueillable diligence de ce prince des Mathematiciens, qui semble auoir esté au ciel pour en rapporter la certaine mesure, & nous monstrer seurement de quel pas les Estoilles & Planettes cheminent. Mais quand de Mathematicien il se veut transformer en Philosophe, & rendre naturelle raison des effects desquels il croit ça bas les astres estre cause: il deuient si froid & foible d'argumens, que la verité contraint toute personne de moyen iugement de luy nier la meilleure part de ce, dont il veut estre creu: mesmes en ce qu'il reduit vniuersellement toute prediction des choses aduenir à l'obseruation des constellations euidentes, & aspects du Soleil & de la Lune, & aux signifiances des autres Estoilles, pour en priuer entierement la vertu de Nature: de la contemplation de laquelle il fait si peu de cas, qu'il la desprise comme inutile en cecy: combien qu'incontinent apres ce sien iugement il confesse, que non seulement les hommes indoctes, ignorans & incapables de toutes obseruations celestes, mais encores les brutes animaux sont capables de certaines predictions: Capacité vrayement, dont ils semblent estre douez de Nature, laquelle il despouille de ceste puissance, puis que l'aide des obseruations ne leur y sert de rien. Mais il s'est beaucoup plus oublié, comme les Peripatetiques le conuainquent (assignant raison de la puissance & facul-

Ptolomée reprins.

Facultez des Planettes mal prouuées par Ptolomée.

té des Planettes). *La Lune, dit-il, ayant à cause de l'illumination, de laquelle le Soleil l'esclarcit, quelque chaleureuse faculté, rend toutesfois mols & humides les corps qui luy sont principalement subietz & les incline à pourriture, tirant ceste humide qualité de la Terre sa voisine, d'où s'eslieuent les humides exhalations.* Ceste faute vrayement ne peut estre excusée, & n'y ha faueur, qui la luy peust passer souz quelque desguisement: tant pource-que les exhalations ne montent iusques à elle, que pource-que le Ciel, & les corps Celestes, purs, & simples de substance, & de qualité, ne sont d'Elementaires substances, ou subietz aux Elementaires passions, pour se pouuoir l'vn l'autre eschauffer, humecter, refroidir, ou deseicher, ou se sentir d'aucune priuation par eslongnement, ou communication par approche de quelque Element. Cecy est contre ce-qu'il asseure (continuãt en la description de la vertu de Saturne, lequel il qualifie d'extreme froidure, & quelque secheresse, à cause de la distance, de laquelle le Soleil & la Terre luy sont eslongnez.) Raison aussi pertinente, qu'il est pertinent de dire Iupiter estre temperé, pource qu'il est disposé entre Saturne froid, & Mars chaleureux, voire bruslant & desseichant, selon la menace de son ignée & enflammée couleur, & comme il est seant au voisinage, qui le fait si prochain du Soleil: souz lequel est assise Venus donée de pareille efficace de temperie que Iupiter, bien qu'à raison diuerse: car sa telle-quelle chaleur est donnée par le Soleil voisin, mais l'humidité, dont elle abonde (ainsi que fait la Lune) luy vient par l'attraction que fait sa rayonnante lumiere, des exhalations humides de la Terre: pour la prochaineté de laquelle Mercure disposé sur la Lune, est pareillement humide: & pource qu'il

Qualité de la Lune.

Le Ciel & les Astres ne sont de qualitez Elementaires.

Qualité de Saturne, de Iupiter & de Mars.

Qualité de Venus.

Qualité de Mercure.

n'abandonne le Soleil que peu loing, quelquefois il dessciche les humeurs. Vrayement i'ay apprins auec les discours de Nature, que toute chaleur fait ou plus ou moins violente action, selon la grandeur de la lumiere, selon qu'elle est resserrée, & rassemblée en soy, & selon qu'elle est prochaine. Icy desirerois-ie d'apprendre quel argument de chaleur Celeste nous pouuons auoir autre que les raiz desquels, exceptez le Soleil, la Lune, Iupiter & Venus, toutes les Estoilles sont priuées pour nous: mais ayant confessé ce doute estre leger: & donnant à Iupiter, Mars & Venus qualité chaleureuse pourquoy ne sentons nous Iupiter plus grand, & plus lumineux que Mars, aussi plus chaleureux? Si l'eslongnement en est cause, pourquoy est Mars plus lointain, & moins lumineux que Venus, dessus elle excessif en chaleur? Pourquoy n'est Venus (l'ordinaire compagne du Soleil) autant ou plus bruslante que Mars? Foibles certes sont les raisons, qui qualifient les Astres Elementairement: & telle est la Philosophie de Ptolomée, quand il prouue naturellement la faculté des Planettes. Quant au denombrement des Estoilles fixes, & de leurs qualitez, il ne rend aucune digne cause, non plus que des Masculines, Feminines, Iournelles & Nocturnes. Quelle follie! Venus & la Lune sont humides, & à cause que telle qualité est abondante au sexe feminin, les voila prouuées feminines. Saturne, Iupiter, Mars & le Soleil, sont masculins: Eh comment! Saturne (dit il) est froid & sec, qualitez mal assemblées pour la feconde vigueur masculine. Et Mars, qui brusle & seiche extremement, ne doit-il plustost estre dit ennemi des deux sexes, qui requierent vne gracieuse temperature de chaleur & d'humidité? Mais qui refuse ces Elementaires qualitez

Moyens du plus ou du moins de la chaleur.

Philosophie de Ptolomée.

Les Planettes n'estre d'aucun sexe, ny nocturnes.

aux Planettes, elles demeurent en leur pure condition Celeste affranchies de noz sexes: & ne pourront estre nommées Iournelles, ny Nocturnes, laissant Mars en iouissance de continuelle clarté, puis-que l'ombre de la terre, mere de la nuict, ne s'estend point outre la Sphere de Mercure. Vrayement i'admireray les Iudiciaires en amende honorable, s'ils donnent raison naturelle receuable & non fardée, pourquoy le Cancre soit froid & humide, veu que le Soleil de celle part du Zodiac nous eschauffe plus ardemment: & le Sagittaire chaut & sec, veu que le Soleil passant par là, nous laisse çà bas glacer des plus gelées & humides froidures. Ie ne voy comme doit estre receuable tel ramaz de superstitions si despourueües de raison, ou preuue qui leur donne tant soit peu d'apparence, que toute moyen defaut pour fournir d'excuse à Ptolomée: sinon, disant telles resueries auoir esté faussement attitrées souz son nom. Toutesfois puis-que luy desrobant ce labeur d'entre les autres, ce seroit sans aueu s'opposer cõtre l'opinion de l'entiere troupe des doctes & lettrez: & qu'vn personnage de tant laborieux estude & rare erudition, se fait iuger grossier à faute de raison, pour demonstrer & soustenir la verité de la iudiciaire, ie ne sçay qui voudra esperer, que le reste des professeurs, allaittez de friuoles superstitions par vile & ignorante barbarie, y puissent mieux suffire, ou la sachent assoir sur fondement plus ferme. Ie me suis vrayement bien apperceu que ceste imposture promet des choses tant desirables, & emmielle si finement, comme vn autre: sinon certaines petites veritez, ou vray-semblances parmi ces mensonges monstreuses, que mal-aisément d'auec elle peut eschapper, sauue vne credulité. Si est-ce que i'asseure, à qui voudra non croire de leger,

Amorces & cautelles des Iudiciaires.

mais regarder de pres, qu'en place des miracles & grandes vtilitez dont il nourrissoit son attente, il ne recognoistra que menteries ridicules & fables plus que fabuleuses, estançonnées ou d'opinions nues, ou pour toute grande seureté, de foibles & incertaines coniectures. Et que s'ils rencontrent quelquefois la verité, ils ont à en remercier fortune, laquelle ainsi qu'à ceux qui cerchent quelque chose tastonnant de nuit, le leur met en la main: ou la simplicité de celuy, qui, venu au conseil, aura par ses propres responces aux cautes demandes du Deuin descouuert ce qui luy estoit caché: ainsi ou par essay de plusieurs diuinations iettées au hazard: par hazard quelquefois rencontrera du vray: ou par cautes & secrettes informations se fera donner tel aduertissement, que en apres le deuiner luy sera bien facile: mesme en chose passée, d'où ils eslieuent les plus beaux trophées de leurs Triomphes. Neantmoins, tout ce (disoit Phauorin) que par hazard ou par cautelle ils deuinent au vray, n'est la milliesme partie de ce, en quoy ils se font mensongers. Vous sçauez les quatre raisons par lesquelles ce grand Phauorin, ostoit l'authorité des Deuins, & persuadoit la curiosité en estre inutile: Ce qu'Anaxarche remonstra à Alexandre, luy prouuant que les predictions estoient fausses & incertaines, ou du moins inutiles: Car (disoit-il) si les choses sont subiectes au destin, elles sont incogneuës aux mortels: Et si elles sont rapportables à Nature, elles sont immuables & ineuitables. Mais pour toucher à noz Iudiciaires, pensez que Guido Bonatus, & toute celle troupe barbare, ont subtilement discouru, quand (suiuant Ptolomée, qui rapporte aux Estoilles du Zodiac la cause, non seulement des mœurs vicieux ou vertueux qu'ils soient, mais encores la diuersité des

Subtilité des faiseurs d'Almanats

Religions & Republ. rapportées aux Astres follement par Guido Bonatus & plusieurs autres.

polices & religions entre diuerses nations) ils assuietissent les miracles de IESVS-CHRIST, & de ceux, qui souz ceste religion ont fait œuures admirables, aux constellations Celestes. Opinion, laqulle ie m'esmerueille auoir esté suiuie par Cardan, duquel ie ne puis faire que memoire honorable: & qui, estimé laborieux & subtil aux disciplines, laisse par l'erreur où il s'est desuoyé auec la Iudiciaire (en laquelle il ne s'est iamais sçeu trouuer une constance, non au plus vulgaire & premier fondement, qui est de figurer douze maisons celestes assez receuable exemple) combien contagieuse est la conuersation de ceste superstitieuse imposture: Et ne luy soit chargée l'inconstance pour coulpe, qui, comme necessaire compagne d'vn art tant incertain, est commune à tous ceux, qui onques s'en feirent professeurs. Ce-que Ptolomée mesmes n'a sceu celer en autruy, ny euiter en soy: rapportant en diuers lieux (mais bien expressément au premier liure de ses Iugemens) la diuersité d'opinions entre les Egyptiens & Chaldées, qui sont reputez de plusieurs auoir les premiers prins garde de quel œil le Ciel regardoit ce monde inferieur. Il desdit neantmoins ores les vns, ores les autres: tellement toutefois, que, qui voudra le mirer de bien pres (comme ha fait Albumasar, souuent son aduersaire) pourra choisir en luy la tache d'inconstance: d'où necessairement se peut conclurre, qu'estans differens en aduis: ceux-cy, ou ceux là demeurent menteurs inexcusables. Cela ha, possible empesché, qu'en aucune Republique ancienne (que i'aye souuenance d'auoir leu) ne se trouue ny statue esleuée, ny inscription honorable, ou louange ordonnée par vn publiq edit aux Diuinateurs: comme il s'en peut voir par les Histoires aux Mathematiciens & Architectes: ainsi qu'a Archimede

Hierosme Cardã trõpé.

Ptolomée redargue soy-mesme

Honneurs offerts anciennemẽt aux Mathematiciẽs & architectes à Siracuse : & par les Rhodiens à Diognete, qui industrieusement feit leuer le siege de Rhodes à Demetrie, surnommé Poliorcete, heureux à la prinse des villes, & perdre sa monstreuse Helpole, machine bellique, auec laquelle il auoit esperé pouuoir forcer la place. Ctesiphron Gnosien, qui feit le fameux Temple de Diane en Ephese. A Dinocrate aimé d'Alexandre, duquel pareillement Appelle, Lysippe, & Pirgolette furent tant honorez que nul eust osé peindre son image qu'Apelle, ny grauer que Pirgolette, ou releuer en bronse que Lysippe. Les Medecins ont receu si grand part d'honneur entre les hommes, que les Diuins ont esté dediez à Chiron, Machaon, & à Hypocrate, & auquel la Grece ordonna mesmes honneurs qu'à Hercule. A Cleombrote Cée, qui pour auoir gueri le Roy Antioche receut publiquement aux festes Megalenses la valeur de cent soixante mille escuz du Roy Ptolomée. A Critobule, qui tira une flesche hors de l'œil de Philippe Macedonien, & luy rendit la veue : Au Prusien Asclepiade : A Podalire ou Esculape, auquel souz sur-nom d'Archiatre, les Romains leuerent un autel. Anthoine surnommé Musa, medecin excellent, ayant gueri Auguste, eut par exprès decret du Senat de grands priuileges & immunitez, dont ceux de son Art long temps apres en memoire de luy furent fauorisez : Mesmes il fut honoré d'une permission de porter l'aneau d'or, bien qu'il fut libertin : Car l'ancienne coustume de Rome estoit, que seullement il estoit permis aux Senateurs, ou aux Cheualiers (si vous receuez ce mot pour ceux qu'ils disoient estre Equestris ordinis) de porter l'aneau d'or. En ce mesme temps Athenodore de Tarse, ayant esté maistre d'escolle d'Auguste, receut un honneur merueilleux de ceux de sa ville, qui en sa

Archimede.
Diognete.
Ctesiphrõ.
Dinocrate.
Peintres & autres artisans honorez par Alexandre.
Honneurs offerts aux Medecins.
Chirõ, Machaon, Hypocrate.
Cleõbrote.
Critobule.
Asclepiade. Esculape.
Antonius Musa Medecin.

faueur auoient esté deschargez de tous imposts par Auguste: Et fut cest honneur d'vne feste solemnelle, qui estoit celebrée tous les ans en son nom comme d'vn demy-dieu. Ie ferois icy vn recueil de diuerses histoires superfluément à vous, qui sçauez quels honneurs ont esté portez anciennement aux Empereurs & Gendarmes vaillans, tant Grecs que Romains & Barbares: & aux Philosophes & Poetes de l'vne & l'autre langue: mais ie ne sçaurois alleguer memoire publique plus fauorable aux Deuins, que de mort, de bannissement, ou de semblable ignominieuse puniton. Tybere les dechassa par Edit seuere & rigoreux, cõme aussi feit Vitelle, lequel leur ordõna certain iour pour tout delay, dedãs lequel sur griefues peines, ils sortiroiẽt de toute l'Italie. A ce mesme effect expressément les loix de Diocletian, Maximian, Constantin & autres furent publiées, cõme contre vne secte inutile & mensongere: de laquelle Valentin & Valens Empereurs auoient tant d'horreur, qu'autant iugeoient-ils coupable le disciple, que le precepteur: & ha esté tant ceste secte odieuse, que mesme les Poetes anciens, figurans les vertuz recompensées & les vices punits, n'ont oublié de la poindre souuent. Quiconques soit le premier autheur de la fable Icarienne & Dedalienne, me semble auoir fort subtilement figuré quelle difference est entre le Iudiciaire presomptueux (souz le nom d'Icare) & le modeste Philosophe naturel ou Mathematicien tout formé de raison: car Icare (i'enten le Diuinateur temerairement esleué sus vnes asles mal iointes) se haussant iusques au Ciel, d'où il pense extraire les causes secrettes, & là orgueilleusement s'accompagner trop familierement des Astres, tombe par vn precipice ruineux en la mer profonde de mensonges. Mais Dedale, singlant en

Edits ignominieux cõtre les Planetaires.

Fable d'Icare & de Dedale.

en region moyenne de l'aër content de ne toucher le Ciel qu'auec les yeux, c'est à dire le philosophe Naturel ne s'empeschant qu'autour des matieres Elementaires, où l'Astronome Mathematicien, considerant sans plus les mouuemens obseruables des Cieux, eschappe du labyrinth de confuse ignorance, d'où Icare esperant se sauuer, retombe en lieu plus perilleux. Telle punition encourut Bellerophon, qui pendant que l'Air luy fut assez haute entreprise, adextrement se teint sur le cheual ailé: mais quand il eut desseigné de visiter le Ciel, le fruit de sa presomption fut vne peur, qui hasta sa descente d'vne cheute mortelle. Le Curieux escouté de la compagnie fort ententiuement, descouurit (souz plusieurs fables anciennes) assez de telles allegories, tendant à persuader que vainement l'on rapportoit les causes des effects de çà bas au Ciel. Puis apres quelques raisons à ce propos, continuant, adiouta. Mais à fin que ie ne sois estimé croire le Ciel tout poure & priué de puissance, ie confesse & recognois de luy les deux plus necessaires choses, qui soustiennent & accommodent nostre vie: ce sont la Chaleur & la Lumiere. La chaleur enten-ie non ignée, ou aërienne: mais premiere qualité pure, simple & non contraire aux qualitez Elementaires: voire, sans laquelle le froid ne pourroit refroidir, ou la chaleur eschauffer: Brief contenant d'vne singuliere simplicité les qualitez de tous les Elemens, comme sa lumiere toutes les lumieres, & son mouuement circulaire tous autres mouuemens. Et, pour mieux me declairer, ie veux dire qu'il est vray, la qualité chaleureuse Elementaire estre comme plus parfaite qualité, plus ressemblante à celle celeste chaleur, laquelle toutesfois ne laisse la froideur sans benefice de sa simple purité: ainsi que le

Fable de Belorophon.

Vrayes facultez du Ciel, chaleur & lumiere.

Chaleur celeste, pure.

Lumiere celeste.

blanc est bien confessé plus approchant de la qualité lumineuse, que le noir son contraire, qui toutefois est conserué par la lumiere, sans laquelle il n'auroit efficace d'obiect. Ceste chaleur donq est celle, qui attirant en l'air des vapeurs & exhalations, sert de cause à toutes les impressions & apparences aëriennes, par ce moyen rapportables aux Cieux. Au reste, ie nie toutes ses influences, desquelles on les feint gracieux, ou mal faisans aux corps inferieurs: car la menue particularité des corps infiniz tous differens (ie dy d'vne espece produits souz vne mesme eleuation Polaire) à mesme heure, voire mesme moment horaire, conuainq les influences estre de nul effect, puis-que malgré elles deux concurrens à leur naissance en egalité de toutes ces rencontres d'Espece, de Climat & d'Heure, se voyent differens de teint, de taille, de meurs, de fil vital & de toute autre chose. Et si la comparaison de la vistesse de la roüe Nigidienne leur peut seruir d'excuse, qu'ils confessent de mesme l'amaz de leurs Apotelesmes estre faux & inutile: car la viste course du tournoyement des Cieux, auançant en vne soixantieme minute d'heure, ou en la mille quatre cent quarantiesme partie d'vn iour, plus de trois cens trente-quatre de noz lieuës, ne donneroit loisir suffisant de choisir le moment arresté d'vne naissance pour former la figure du vray estat du Ciel: & auroient esté trompez les premiers Iudiciaires, qui par leur experience estimée penseroient auoir composé des reigles certaines de choses incomprehensibles. Qu'ils n'esperent impetrer de moy quelque foy en leurs constellations dispositiues de l'air: car outre celle chaleur Celeste, d'vne excellente partie (de laquelle le Soleil est ministre, & de laquelle i'ay dit les vapeurs & exhalations

Vistesse du mouuemét celeste.

Les Meteores non rapportables aux Astres.

eſtre attirées, puis diuerſement diſſolues, & par vne viciſſitude Elementaires) tranſmuées, il ne ſe peut prouuer que le Ciel ait aucune puiſſance en l'effect des Meteores. Que ſert-il de les ſemondre importunément de rendre raiſon, ſi ces naturelles ratiocinations de Ptolomée ſont friuoles, comme ie vien de dire? Et ſi l'experience ordinaire les rend menſongers tant prouuez, que Saturne ordinairement contre leurs predictions laiſſe les portes cloſes au vent Oeſt Occidental: Mars à l'Oriental Eſt: Venus à Sud: & Iupiter à Nort? Venus & Mercure eſtans en lieu humide, ou en aſpect de Saturne, ne rendront la ſaiſon pluuieuſe. Brief (à qui y veut prendre garde) ſemble que l'Air ſe plaiſt de contrarier les propheties de ces Prognoſticateurs inſolens, & de leurs Apoteleſmes ridicules. Ie n'ignore point, que, ſelon que la Lune ſe monſtre à nous croiſſante & tēdante à atteindre la perfection de ſa lumineuſe rondeur, viſible à noſtre partie: certains membres d'Animaux, & certains Animaux entiers, ne ſoient remplis & abondans de plus copieuſe humidité. Ie ſçay aſſez l'obſeruation des Iardiniers auoir recognu vne feconde vertu en la Lune en defaut & croiſſance pour cueillir greffes, anter & tranſplanter arbres; pource que la viuifique & ſalubre chaleur de la Lune croiſſante, ſelon l'accroiſſement de lumiere, en-vigoure la nature nourriſſante des Animaux, & vegetante des plantes par accroiſſement d'humidité non ſuperflue, mais propre à donner accroiſſement de ſubſtance aux Animaux, & aux plantes: tant elle à de naturelle proprieté, à la ſemblance du Soleil, pour attirer l'humidité d'vn centre, comme on diroit, iuſques à la ſuperfice: d'où poſſible ſe fait receuable la cauſe du cours & recours marin. Auſſi nous ſuffiſe d'embeſongner

Conſideration neceſſaire.

Faculté de la Lune ſur les corps.

Cours & recours de la Mer.

en ces commoditez nostre, ces corps illustres, sans les asseruir ordinairement à nous : comme si les substances Celestes estoient empirées de valeur, & dignes d'estre blasmées d'oisiueté, leur defaillant l'occupation continuelle de disposer de noz priuez affaires, & s'asseoir viz à viz en regard fauorable, pour tenir la bride de nostre sort en main : Et comme si, puis que noz cognoissances ne s'estendent seulement aussi loing que la veuë, outre ce que nous comprenons, rien ne soit digne d'empescher les Estoilles : Et comme si à l'agencement des conditions de ceste petite pongnée de matiere Elementaire grossiere & inconstante (ie dy à bon droit petite pongnée, au parangon de l'vn des corps Celestes seulement) l'infinie grandeur & l'illustre beauté de tant de corps parfaits doiue trauailler infatigablement : & non aussi necessairement (si nous ne les voulons laisser sans euure) au soustenement & perpetuation de leur reciproque vigueur : se monstrans l'vn officieux & seruiable à l'autre d'vne contr'amitié, ou concorde eternelle.

Paradoxe que chacune Estoille, est vn Mõde.

Seroit sans apparence l'opinion d'vn de ceste compagnie soustenant ces beaux grands & illustres corps n'estre vuides & deserts, mais bien habitez de quelques animaux viuans là dedans, comme nous & les autres especes en ces nostres Elementaires regions? Nous trouuons estrange qu'vne Isle, ou vne contrée petite (en comparaison de toute la Terre) soit sterile & inhabitée. Les neiges plus froides, & les plus ardentes fournaises nourrissent des Animaux. Nous ne croyons qu'il y ait ny souz les Poles, ny souz les Tropiques, ny autre endroit de Terre ou Mer desnué d'Animaux, ou autre corps viuant de quelque vie.

Discours vray-semblables.

Il nous est plus croyable que ce monde inferieur doiue perir & s'anuller du tout, qu'estimer la moindre

D

espece pouuoir se perdre demeurans les Elemens entiers. Toutesfois nous, sans autre esgard, entretenons noz pensées d'vne creance, que le Soleil, la Lune, Saturne, Iupiter & les autres corps celestes (confessez de plus temperée, belle & genereuse matiere, que nostre Terre, ny autre partie Elementaire) sont deserts & inhabitez. Quoy inhabitez? mais que leur perfection illustre, ne soit en l'Vniuers pour autre chose, que pour la commodité non seulement des corps vniuersels, mais expres pour nostre particulier vsage & plaisir ordinaire. En bonne foy il seroit aisé de me persuader que chacune Estoille soit vn Monde habité, comme nous descriuons le nostre Elementaire & sensible. Et que chacun de ces Mondes particuliers ayt en soy pour le soustien de son estre, & pour la nourriture & entretien vital des Especes, dont il est fecondement remply des actions, substances & qualitez vniuerselles, ainsi que nous en resentons quatre en cestuy nostre Monde, d'où nous voyons reluire les connexes superfices du dehors de ces Mondes, comme ceux qui viuent en eux voyent (possible) luire le nostre, qui leur semble vne Estoille par rayonnement de la Sphere de nostre Elementaire feu, qui nous enceint & embrasse alentour. Seroient point ainsi assez embesongnées les Estoilles en elles-mesmes, pour n'estre estimée oisiues & inutiles, à faute de trauailler en la disposition de nous & noz affaires? Plotin, premier entre les Platoniques, impatient de les employer si temerairement, me reuient en memoire, qui, apres auoir diligemment manié l'Astrologie, & ayant apperçeu combien elle estoit fautiue en ses iugemens, entra en ferme opinion, que telle science n'estoit qu'vne vanité. Dequoy il ha laissé diuers tesmoignages en ses Enneades, autant de fois que quelque sub-

Plotin escriuit contre les Astrologues.

iet luy prestoit l'occasion de la confuter : & bien expressément au liure, où il dispute, si les estoilles ont quelque effect. Ce grand Philosophe escriuant du Destin, ne peut confesser que le tournoyement des Cieux gouuerne tout : & que selon la disposition des Astres, ou leuans dessus nostre Horison, ou se cachans dessous, ou l'vn accommodé à l'autre en quelque aspect, l'on puisse préuoir l'estat non seulement vniuersel de nostre Monde, mais encores esplucher par les menuz les aduentures particulieres, & fortunes aduenir des hommes particuliers : voire sonder par Diuination les cachées & profondes pensées : & luy semble que d'assuietir aux corps Celestes noz volontez, noz passions, noz meurs : bref nostre vie & nostre tout, sans rien excepter qui fut asigné en nous mesmes, & de nous mesmes, seroit ne nous estimer hommes raisonnables animaux, mais moindres que brutes, & maniables par autruy sans aucune actiõ procedãte de nous, ainsi que Neuropastes, ou mariõnettes d'vn Basteleur: & condamner les estoilles d'vne trop miserable sollicitude. Ausi auecques luy ie croy, que sans recognoistre les Estoilles pour causes, il nous aduient infiniz accidens de l'air enuironnant, de la region où nous sommes habitans, de noz peres & meres, de l'institution de ieunesse, de noz affections naturelles, lesquelles nous auons par propre semence de nostre espece, & non par Celeste influence. Ie ne me puis contenir de rire, quand ie voy vn deuin, qui de profesion rapporte tout au Ciel, comme à la seulle cause : & toutefois declaire la fortune du fils non encores conceu, par la disposition Celeste, à la naissance de celuy qui doit estre pere : & ne voit, que donnant à la naissance du pere la fortune du fils, le fils doit mercier le pere & non sa constellation, qui demeure inuti-

Opinion de Plotin.

Neuropastes ou Marionnettes.

Ridicules façons des Iudiciaires pour predire au fils par la naissance du pere.

le, puis-que des long temps son sort est arresté. Quelle apparence de iugement y ha il de rapporter le sort du pere à la naissance du fils? Pourquoy admirent ils le secret de deuiner par vne figure du Ciel dressée maintenant, vne chose aduenue & passée? Par ce moyen l'effect seroit premier que sa cause: proposition ridicule, & monstreuse en nature. Quelle façon est-ce, entre ceux de bon sens, de iuger les accidens d'vn frere par la naissance de l'autre? Prédire par la geniture d'vne femme la mort de son mary? Comme auray-ie à croire que le Ciel me soit cause expresse, si à la naissance de mon pere, ou de mon frere aisné, mon destin fust desia resolu? Mais quand encores i'aurois confessé, que par quelques Celestes obseruations l'on peust prédire, suffira ce point pour conclure, que donq les Estoilles sont cause de la chose prédite? Non-non: car grande est la difference entre estre cause d'vne chose, & la signifier seulement. Digne de moquerie vrayement seroit celuy, qui diroit les Arondelles, qui sont reuolées en nostre region, nous estre cause du Printemps: car il suffit assez de dire que le Printemps soit signifié par leur venue. Ainsi quand les predictions Astrologiennes seroient vrayes ou confessées, resteroit à considerer si les estoilles (par l'obseruation desquelles le Planetaire deuineroit) seroient causes de la chose predite, ou seulement signe & indice qu'elle deuoit aduenir. Si l'on reçoit telle necessité de cause, quel plus prompt moyen se peut trouuer pour confondre l'ordre de toute police, pour refuser à tout vertueux la louange deuë à sa bien-merence, pour pardonner au plus inique, impie, & vicieux ses meffaits, & le tenir incoulpable, puis que ce n'est luy, mais l'Astre, qui meffait? Pourquoy s'essayera de chastier les affections & passions vicieuse: s'exercera

Prediction ridicule au pere par la naissãce du fils.

Impertinẽce de deuiner la chose passée par l'estat present du Ciel.

Difference entre Cause & Signe.

Incõueniẽt dangereux, qui vient de croire l'Astrologie.

à la vertu & cognoissance des grandes choses, souz espoir d'acquerir quelque gloire ou honorable dignité, celuy, qui à sa naissance aura le Soleil accompagné de Iupiter, en bien fauorisée conionction? Sa constellation luy dõnera les grandeurs presques (comme on diroit) en dormant. De cest ordre confessez les effects des Apotelesmes Iudiciaires, & vous conclurez la plus confuse confusion, auec laquelle pourroit estre vne Republique renuersée sens dessus dessouz. Il n'est besoing que ie rapporte en ce lieu les persuasiues exaggerations, auec lesquelles le Curieux rendoit le subiet, contre lequel il debattoit, haineux & auili: mais bien estiray-ie quelques raisons entre la multitude, dont il se trouua abondant, pour demonstrer les Estoilles n'estre point causes des effects qui aduiennent çà bas. Considerez, ie vous prie, disoit-il, quel milieu se pourroit trouuer en ces deux extremes. La plus serieuse partie de la profession Diuinatrice s'employe à preuoir les accidens aux affaires des hommes: desquels il est necessaire que l'action soit ou libre, ou forcée: car ie n'y voy point de tiers. Si donq elle est libre, que librement & hardiment ils me promettent ou menassent bonnes ou mauuaises œuures à l'aduenir, car de mesme liberté & hardiesse ie les pourray rendre auec tous leurs Astres mensongers. Ainsi ceste cause sera inutile: c'est à dire non cause: car si Mars causoit en moy l'exercice du mestier des Armes, & que l'action soit en ma liberté, quittant, ou n'ayant iamais voulu manier les Armes, quelle cause me pourroit estre Mars? Mais si mes affaires & mes œuures succedent forcément, pourquoy me deçoit le Deuin auec l'esperance du remede, ou le choix de commencer vne entreprinse souz l'aduertissement des Elections, desquelles sa science est remplie?

Que les Astres ne sõt Cause.

toute actiõ humaine est libre, ou forcée.

Peut

Peut il faire que la chose n'aduienne, qui doit forcément aduenir, & destrousser la cause de son necessaire effect? Toutefois ie voy vne industrieuse couuerture à leurs mensonges souz l'ombre des contrarietez qui sont par les Apotelesmes & entre diuers Autheurs: car selon l'vn, promettant du bien, & menassant selon l'autre, de mal, nostre Deuineur pourra mentir, & dire vray ensemble miraculeusement, pour ne demeurer sans miracle, puis que pensant s'accompagner par préuoyance de l'aduenir (puissance singuliere & propre de la diuinité) de la pure intelligence de Dieu, & transcrire les secrets escrits dedans le parchemin ou Diphtere Iouien, il est honteusément trompé de son opinion: selon laquelle, si pour prédire à l'homme l'entier discours de sa vie, il façonne vne figure representant la disposition des Planettes, lumieres & Estoilles, au moment que l'homme commença d'estre homme, ne choisit il pas impertinemment la naissance, plustost que le moment de la conception, ou celuy, auquel le corps formé receut ou Ame ou vie? Mais si l'impossibilité d'assez seur aduertissement de tel moment l'empesche (car leurs tables de la demeure de l'enfant au ventre de la mere, sont arbitraires & incertaines) ie ne receurois sa prediction fondée sur l'heure de la naissance, non plus que sur l'heure du Baptesme, ou autre heure choisie à plaisir: car dés long temps l'enfant est accompli de forme & de matiere. Voire que toute femme de vigoureuse disposition confessera, qu'elle peut quelquefois dilayer le moment de son enfantement, & par ainsi elle pourroit par vne industrie nouuelle rendre le Ciel fauorable à son fruict par attente de quelque heureuse constellation. Il aduient souuent que par foiblesse de l'enfant, ou de la mere, ou de tous deux,

Que les Astrologues choisissent impertinément l'heure de la naissance, pour prédire.

l'enfant demeure quelque eſpace de temps né en partie, telle fois mettant vn membre dehors, & telle fois le retirant dedans, lors que le ſubtil Deuin dreſſe ſa figure, & il dira quelque ſeure nouuelle. Ie luy conſeille, puis que la viſteſſe du Ciel change & rechange ſi ſoudainement le Deſtin, qu'il nous prédiſe autant de differentes deſtinées, que l'enfant ha de membres, ou qu'il aura demeuré à naiſtre de moindres minutes, puis qu'encores n'eſt le doute reſolu, ſi la naiſſance doit eſtre prinſe quand il commence de ſortir, quand il eſt demy né, ou quand il eſt iſſu du tout dehors. S'ils veulent donner lieu à la partie Diuinatrice des interrogations, que leur ſert l'heure de la demande? Seroit-il pas plus certain, ſçauoir l'heure de l'imagination du demandeur, puis-que (ſelon la diſtance du logis, l'attente qu'il faudra auoir de parler au Deuin, ou quelque autre occaſionnée demeure) la conſtellation ſe pourra changer cent fois? ſi poßible ils ne nous forgent des tables, pour cercher ſur le temps eſcouru, le moment de l'intellectuelle conception de la choſe deſirée, comme ils ont ſubtillement ramaſſé de la conception humaine ſur la natiuité.

Que la partie de l'Aſtrologie, qui eſt des interrogatiõs eſt nulle.

Mais la prouidence des elections eſt bien plus belle & aſſeurée choſe: meſmes par les raiſons de Guido Bonatus. L'on luy auoit reproché, les planetaires iugemens eſtre inutiles aux Elections, pource-que deux cõtraires pouuoient rencontrer election de meſme heure. Deux Princes ennemis (car tel eſt l'exemple, que luy meſmes ſe forme) cerchent vn iour eſleu pour ſe donner bataille: l'heur ſe marque & à l'vn & à l'autre, à certain iour d'heureux ſuccés: auquel des deux fauoriſera le Ciel, qui à chacun particulierement ha promis la victoire? Reſpondez (dit le bon Guido) celuy & dites qui ſera le plus fort, & qui aura vne

Que les Elections ſont nulles.

Plaiſante follie de Guido Bonatus, ſur les Electiõs

plus grande armée. Si on replique, Ils sont pareils, & de force & d'armée. Celuy donq (adiousterez vous) qui plus discrettement conduira ses gendarmes (si on oppose leur prudence & discretion estre egalement balancée.) Donc (deffendrez vous) ce sera celuy qui sera nê de nuict. Et à chacun d'eux, poursuiura l'on, s'est rencontrée la naissance nocturne. Celuy donq (respondrez vous) qui commencera le premier à combattre. Si on remonstre qu'à mesme moment les deux armées s'esmeuuent. Ce sera donq (direz vous) celuy qui marchera d'Orient contre l'Occident. Et en fin si un fascheux vous presse, disant que tous deux marchent de mesme en mesme part: pour resolution, respondez luy (dit-il) qu'il est un fol, & ne parlez plus auec luy. Hoh, les poignantes & solides raisons! Hoh, le bon sens & iugement admirable. Aussi que peut on esperer de raisonnable de ce simple homme, qui se vante auoir veu un homme nommé Richard, agé de 400. ans? Et non content de si folle creance, raconte qu'à Forliue l'an 1267. passa un pelerin allant à Sainct Iaques qui auoit veu Iesus-Christ viuant. Ce pelerin estoit nommé Iean boutedieu, *pource-qu'il auoit poussé Iesus-Christ alors qu'on le menoit crucifier. Et (escrit ce bon Euangeliste Guido) Iesus-Christ luy dit:* Tu m'attendras iusques à ce que ie vienne. *Voila digne histoire pour prouuer les effects des Estoilles. Voila discours de viue persuasion. Mais pour retourner aux naissances, ie sçay bien que l'obiection de deux Iumeaux tels que peurent estre Procle & Euristhene Rois des Lacedemoniens, dissemblables de taille, de teint, de complexion & de longueur de vie: ou Laride & Timbre chantez par Virgile en differente mort: puis de deux nez en*

Digression sur les Elections.

Que deux Iumeaux sont cōtraires.

diuers lieux de diuerses meres & à heures differentes, tant semblables toutefois en tout, qu'ils ne peuuent estre discernez l'vn de l'autre, semblera trop vulgaire. Si est-ce que pour ne l'auoir iamais trouuée resolue assez suffisamment, ie ne la puis oublier. Et que me diroient ils de mille, ou plus grand nombre d'hommes tuez en vn moment le iour d'vne battaille, ou à l'assaut d'vne ville? de trois, de quatre, ou plus, foudroyez en vn clin d'œil d'vn mesme coup de canon? de cent pionniers accablez en vn moment dedans les mines? Comme se peuuent rencontrer en la disgrace de si grand nombre d'hommes, diuers de naissances, & de regions, tant de cruelles constellations diuerses, qui les rendent tous Viothanates, & les condamnent à s'accompagner en morts tant pareilles, qu'il semble que Clothon d'vn seul coup de cousteau ait trenché en vn seul filet la toile de tel nombre de vies? La ruine de la maison du Pourcelet à Lyon, demeurée trop fameuse, pour auoir pitoyablement assommé, & suffoqué les trois ieunes & genereux Seigneurs de Senecé, Corberon & Cercy en vn moment, en vne mesme chambre, & en vn mesme lict: desquels toutefois les naissances n'estoient tant iustement rencontrées, que la Planette meurtriere les regarda de mesme infortuné endroit, & mesme œil impiteux. Et puis ils honoreront certain amaz d'Apotelesmes recueilliz plus par legere & credule opinion, que par vraye experience, du nom de Science, qui ne doit estre receu qu'aux cognoissances acquises par viues & naturelles demonstrations, assises sur quelques principes & fondemens veritables, certains, & tellement cogneuz, que les nier fust dementir ses sens & raison naturelle. Adioustez, que si l'on peut acquerir l'industrie de iuger par les apparentes dispositions

Que plusieurs ayãs esté nez sous differentes cõstellatiõs sont subiects à semblable fortune.

Mort de trois gentils-hõmes François, par la ruine d'vne maison à Lyon.

Quelle profession merite nom de Science.

tions des Astres, il faut par la confeßion des Prognostiqueurs Astrologues, que l'experience soit la maistresse, qui forme les preceptes de telle instruction : rapportant par diligente obseruation les effectz semblables aux semblables causes, en semblables figures celestes, & dispositions d'aspects estoilliers & planetaires. Mais auec quelle poßibilité pourroient ils recueillir quelque semblance de figures entresuiuies, pour en preuoir semblables effects, si les apparences Astronomiques tombent sous demonstration telle, que la diuersité des Celestes mouuemẽs, l'un d'un mois, l'autre d'un An, l'autre de deux, l'autre de douze, l'autre de trente, l'autre de sept mille, l'autre de trentesix ou quaranteneuf mille, que l'Vniuers se rencontrera en sa forme premiere, leur oste toute commodité de pouuoir iamais noter les Cieux deux momens seulemẽt en disposition semblable? Et si la diligẽce laborieuse de si grand nombre d'industrieux & subtils obseruateurs en diuerses regions, & de tant plus vieille memoire, que les Babyloniens, long temps ha, se vantoient y auoir trauaillé quatrecent septante mille Ans, n'ont sceu remarquer que mille vingt & deux, ou au plus mille quatre cent septante six Estoilles, cinq Planettes, & deux lumieres, de la nombreuse infinité d'Estoilles, dont nous voyons la Celeste grandeur entre-semée? S'ils ne veulent poßible nous faire croire que cestes cy estant fecondes de noz fortunes, & veillantes songneusemẽt à œil tousiours ouuert sur noz affaires, les autres cependant steriles, endormies, & paresseuses, croupissent sans puissance inutilement au Ciel, differentes de Nature à leurs sœurs. Donques en leurs iugemens ils ne peuuent prendre conseil de toutes les estoilles, lesquelles ils cõfessent ne cognoistre. Ainsi pendant qu'ils empruntent une

que l'Astrologie ne peut auoir esté fondée sur suffisante experiẽce.

opinion de celles là, cestes cy incognues consultent d'vn aduiz tout contraire. Et puis nous ne conclurrons pas le foible effect de l'experience? Quelle asseurance prendrons nous des grandes conionctions, & periodiques retours des Planetes? Il est euident, que depuis mille ans reuoluz, plusieurs fois les Planetes ont acheué plusieurs periodes de leurs cours ordinaires, & s'en sont rencontrées en mesme lieu, & sont meintes semblables conionctions passées: combien toutefois que les mesmes effects ne se sont iamais rencontrez. Le Monde n'a iamais renouuellé sa forme: les mesmes Empires ne retournent en mesme lieu: ny les mesmes mœurs, loix & religions sont renouuellées par rencontres de semblables conionctions grandes, & autres celestes aspectz d'Estoilles, lesquelles il est euident n'estre cause de tels effectz, puis-que tels effectz se font souuent sans elles, & qu'auec elles ils ne rencontrent pas ordinairement. Voicy vn autre point qui me semble les forcer rudement. Auouant qu'il y ha des Estoilles, elles sont de deux sortes: l'vne assauoir, ayant Ames, ou nón: & estant animées, sont causes besongnantes en nous par puissance animale, & de conseil aduisé: ou si elles sont inanimées, besongnent par faculté de leurs corps seulement: comme nous voyons les effectz en ce Monde inferieur proceder ou de corps animez, ou de corps sans Ame: car entre ces deux differens, selon nature, n'y ha point de milieu. Soient donq les Astres, ou substãces ou corps animez, & qu'ils exercent en nous, ou soient cause de noz œuures par leur animale vertu. Dites moy, de grace, si on les magnifie comme estant de matiere & mouuement accompli de tant illustre sublimité, mesmes assis où nous imaginons en noz plus esleuées & religieuses contemplatiõs le

Que les Estoilles, soit qu'elles ayent ame, ou non, ne peuuent auoir effect sur nous selõ l'opiniõ des Astrologues.

vray siege de la Diuinité? Il n'est pas receuable qu'elles soiēt Diuines pareillement, ou du moins beaucoup participantes de la Diuinité? Ie tien cela pour confessé des plus profanes Planetaires. Et dea! quel tort ont receu ces Diuins corps de cestuy, ou de celuy, auquel ils causent tant de miserables, & infortunées paßions, ou le rendent souillé de tant de vices? Auec quel conseil, ou discretion, sont-ils gracieux de tout bon heur à l'vn, & nuisans à l'autre iusques à combler l'infortune en excés? Sont-ils offensables par nous? Sentent ils par noz prosperitez ou miseres, quelque contentement, ou plaisir de vengeance? Non: car estans leurs ames tant participantes de la Diuinité, telle fragilité ne leur est adiugée: ny moins la malice, la temerité, ou indiscretion: dont toutefois ils sont excusables, si des effectz ordinaires (que nous apperceuons çà bas) on les dit estre cause. Effacerons-nous la tache de cest inconuenient, pour nier qu'elles soient animées? Au contraire, il se trouueroit ridicule qu'vn corps inanimé feist autre effect que de sa cōdition. Ainsi les Estoilles ne seroient cause en nous, que des effectz corporels: comme du chaut, du froid, & des autres qualitez disposées en la matiere, & non des autres effects, desquels les Astrologues remplissent leurs Propheties. La Lune demeurera bien cause du teint blanc: Mars du rouge: Saturne du noir: mais aux mœurs, & conditions de l'Ame, ils n'auront que toucher: & plus ne sera Saturne l'Auaricieux, le sombre ou melancolique. L'affable, le benin & le modeste n'aura que remercier à Iupiter. Mars ne sera plus soupçonné de faire cestuy menteur de foy, cruel & sanguinaire. Ny le Soleil sera auoué sur les religieux, les nobles ou les hautains, non plus que Venus sur les mignars, delicats, gracieux & luxurieux. *Les cautelles & viuacitez d'Esprit ne seront recogneuës de Mercure, ny les voyages, proffits en marchandises & honneurs populaires, de la Lune. Bref, le Iudiciaire n'aura rien à prédire sur les accidens qui peuuent aux esprits, ou bien des esprits mesmes: luy demeurant seulement pour subiet de bien petite importance la couleur, ou quelque purement corporelle action de noz membres: & tout le reste de son Astrologie se promettant de deuiner les honneurs, la religion, les mœurs, la profeßion & autres telles choses sera faux, friuole & mensongere. Ainsi les miracles se rapporteront simplement à la Diuinité, les disciplines à l'esprit, & au labeur studieux: les richesses & grandeurs, à la naissance, à la prudence, ou faueur des grands: & vne grande part (non poßible trop impertinemment) au sort de la fortune. Bien que les Estoilles (me respondra quelque Planetaire contemplatif) soient animées & douées de vie, & que nous rapportiõs à elles la cause des effectz, lesquels nous sentons en nous estre pures animales actions: il ne faut penser qu'elles soient malicieuses, pour estre cause d'vn mauuais effect: car telle efficace ne procede de leur substance ou propre nature, mais seulement pour les dispositions & lieux, d'où elles s'entre-rayonnent. Subtile vrayement, est ceste Iudiciaire Philosophie, qui ne me laisse toutefois sans grãd & difficile scrupule: quand ceste solution me fait soupçonner plus d'inconstance aux corps Celestes (muables à ce propos, comme crestes de Paons, d'Inde, ou comme Cameleons selon diuers obiectz) que nous n'en esprouuons aux choses terrestres: qui, bien qu'elles soient composées de matiere muable & corruptible, ne changent si legerement de force ou de nature pour changer de place, ou estre disposées*

Diuers accidens rapportés à autres causes que aux Astres,

Obiection pour les Astrologues.

Responsé à l'obiectiõ & qu'il est friuole de dire les lieux du Ciel changer la nature des astres

en ceste

en ceste, ou en autre façon. Toutesfois comme peuuent ils dire, sans se descouurir ignorans & menteurs, mal-souuenans, que la place soit mauuaise, ou bonne, & rende la Planete de telle qualité par sa contagion? I'auouë que Mercure s'esiouisse en la premiere maison, & se desplaise en la septieme: ou qu'il se plaise leuant, & couchant se desplaise. Venus au contraire, se plaise Occidentalement, & Orientalement se desplaise. Voyez qu'ils me font donques auouër, que Mercure en vn mesme moment, se leuant à nous, & se couchant à l'autre Hemisphere: c'est à dire, telle heure estant à nous en la premiere maison, & aux contraires, en la septieme: aussi en vn mesme moment s'esiouït & se desplait ensemble. Comme Venus couchant à nous se lieue à nostre opposée region, & par ainsi Occidentale, & Orientale s'esiouït & se desplait ensemble. Inconstance trop ridicule, qui afferme ridiculement, que celle mesme place du Ciel, en laquelle est Mercure ou Venus, leur soit plaisante & desplaisante ensemble, & soit bonne & mauuaise ensemble, puisque de ceste mesme place s'engendrent contraires effectz. D'auantage, quand il seroit vray que quelque particuliere place du Zodiaq donneroit quelque qualité à la Planete, (comme ils descriuent en la constitution des exaltations, deiections, termes, ou fins, dixaines, & autres telles parcelles, par lesquelles ils decoupent le Zodiaq) pourquoy ne seroit le dixneufieme degré du Mouton, auquel le Soleil entrant en son exaltation est puissant & fauorable, de mesme efficace à Saturne, lequel y est logé si vilement, comme ils dyent, en sa deiection, que tous ses effectz celle part sont mal-heureux? Et pourquoy ne seroit preuue de sa malice le vingtieme degré des Balances, ou le Soleil est en sa deiection, *sur Saturne, lequel il reçoit en son exaltation glorieuse? Si le vingtseptieme degré des Poissons est de bon efficace à Venus, pourquoy l'est-il de mauuais à Mercure? Et si le quinzieme de la Vierge est l'exaltation de Mercure, pourquoy est-il deiection de Venus? Certainement il semble que non de la place, mais de la Planete mesme sourdroit tel efficace: & neantmoins voicy une contrarieté qui me le nie: car ceste Planete fera icy tout autre effect qu'elle ne feroit, là, d'où la place me semble estre coulpable: & toutefois, comme i'ay dit, en ceste place vne de deux Planetes causera vn bon, & l'autre vn mauuais effect, d'où la place semble estre priuée de toute puissance. Il me souuient (adioustoit le Curieux) d'auoir noté quelquefois de singulieres impertinẽces en leurs departemens Celestes, & accommodemens de Signes, & maisons aux Planetes. La mauuaise opinion qu'ils ont de Saturne & de Mars, les induit à craindre de les rencontrer en aucun des quatre Angles, ou en l'Horoscope, ou en la dixieme, ou en la septieme, ou en la quatrieme maison, pour ce qu'aux Angles la Planete leur semble estre plus forte: & pour le plus, s'ils y reçoiuent Saturne, c'est en l'Horoscope logé au Verseau son domicile: ou en la Liure, son exaltation, principalement en vne naissance aduenue de iour: autrement ils luy ordonnent le douzieme, & à Mars l'opposée, qui est la sixieme maison. Prenez garde (ie vous prie) icy à deux impertinences: l'vne, que si l'opposition de Saturne & de Mars est tant à craindre comme pernicieuse, selon leurs Apotelesmes, ils s'oublient beaucoup de leur accommoder ceste dispositiõ pour la plus propre: mesmes que Mars logé en la sixieme, qui est maison des maladies, rendra par sa presence les maladies incurables: à quoy l'opposition de Sa-*

Que les Astrolo. ont mal conditionné les mespartemens des degrez, & maisons celestes.

turne en sa douzieme luy seruira d'aide trop dommageable. L'autre, que la Planete (quelle-qu'elle soit) doit plus auoir d'efficace en la douzieme, qu'en la premiere, en l'onzieme, qu'en la douzieme : & en la dixieme, qu'en l'onzieme maison : car il est naturellement confessé, que les raiz d'autant ont plus de vigoureuse efficace, qu'ils approchent plus d'vn trait perpendiculaire : tesmoing l'espreuue du Soleil, qui ha moins d'action sur nous, quand il est en l'Horizon Oriental, qu'alors qu'il est esleué plus haut approchant le Midi, où il fait preuue de sa plus grande force. Pourquoy donq n'aura Saturne, ou toute autre Planette, plus d'efficace en la douzieme, qui est, comme vous sçauez, plus esleuée sur l'Horison, qu'en la premiere, qui pour son plus haut point est Horizontale ? & l'onzieme semblablement, qui est plus esleuée que la douzieme, d'autant qu'elle approche plus de la dixieme, le premier point de laquelle est le haut milieu du Ciel, où Ptolomée croyoit les Astres se faire plus puissans ? Zahel toutesfois donne ceste vigueur à l'ascendant, ou premiere maison : contrarieté telle, qu'elle me fait refuser toute foy & à l'vn & à l'autre. Mais si les Angles leur sont en estime tant singuliere, pour le respect de la grande puissance de laquelle ils sont douées, pourquoy n'y font ils esiouir les Planetes gracieuses ? Iupiter & Venus (deux heureuses fortunes) que n'ont elles pour leurs maisons de plaisance vne place angulaire plustost, que luy l'onzieme, & elle la cinquieme ? Pourquoy n'est au Soleil (qui selon Ptolomée auec l'homme fait l'homme) ou à la Lune, qui peut tant sur les corps, vn des angles aggreables ? & non à celuy, la neuuieme, & la troisieme à ceste ? D'auantage, si l'opposition leur semble tãt à craindre, pourquoy logent-ils le Soleil opposé à la Lune? Ie dirois qu'aussi mal à propos ils opposent Iupiter à Venus: mais ils excepterōt l'opposition du bon au bon n'estre mauuaise. Ie ne sçay qui les esmeut d'appeller Saturne tenebreux, & luy attribuer le Capricorne, & le signe suiuant, comme signes opposez au Cancre & au Lyon (signes des deux lumieres) plustost qu'à Mars, Venus, ou Mercure: Car, outre ce-que Saturne est esclarci par l'illustre voisinage de l'innombrable troupe des Estoilles de la huitieme Sphere, sa prochaine, les Astronomes le confessent plus grand que Mars, Venus, Mercure, ny la Lune: qui nous doit faire croire que noz yeux sont plus incapables de choisir sa lumiere, que luy, defaillant en clarté. Par ainsi ils luy assignent les tenebres moins que raisonnablement. Combien est belle la subtilité, par laquelle ils disposent la vie au point ascendāt de la naissance, pource-que l'Estoille, qui est en ce point, sort des tenebres pour s'esleuer çà haut en nostre lumiere, ainsi que l'enfant sort de l'obscurité du ventre de sa mere, pour venir en ce monde iouïr de plus belle clarté? Bonne vrayement & solide raison, si à la naissance l'enfant prenoit sa vie, & non long temps deuant au ventre de la mere. Mais quand en cecy ils auroient quelque fondement apparent, puis-que la Mort est opposée à la vie, pourquoy en comparaison de l'Estoille, qui se couche & glisse dessouz nostre Horizon, ainsi que le mourant perd la lumiere mondaine, n'ont ils dit, la maison septieme en l'Horizon Occidental, estre maison de Mort, plustost que la huitieme? Pourquoy est la douzieme, par laquelle l'ascendant se fait premier voir sur l'Horizon, maison de prison, de tristesse & de misere, plustost que la seconde, qui est encores en tenebres: ou la septieme, qui y tombe pour plus longue durée: ou la sixieme,

Notables considerations.

qui desià y est descendue? Pourquoy disposent-ils le Mariage en la septieme, entre la huitieme de Mort, & la sixieme de Fortune mauuaise? Voyez comme ces bons Orphées recueillent honorablement le Mariage, vnique, au moins singulier & excellent lien de la police & humaine tranquilité. Ils l'accompagnent en sa maison septieme de conspirations, debats, & ennemis descouuers, entre la Mort & la male Fortune, des huitieme & sixieme maisons. Mais vous estimerez que i'aye faulte de raison, & de iugement, puis que curieusement ie les requiers en ceux-cy, qui ont tant de folles & ridicules opinions, que ceux qui les croyent, ou qui s'amusent à disputer contre eux, semblent estre compagnons de si naïue follie. Leurs mensonges sont tant mensongeres, & eux menteurs tant impudens, que Ptolomée, Hermes, Albumasar, Zahel, Haly, Alcabice, & la plus grande part des autres, sont souuent d'opinion contraire: bien que le subiet de leur profession soit de telle nature, que les contrarietez destruisent toute la discipline. Et de ce ie me rapporte aux feintes raisons, par lesquelles ils preuuent les vertuz des maisons: asseurent ce signe estre aggreable à ceste Planete, & ordonnent à chacun Signe sa region affectée & subiette: où il se treuue mille contrarietez. Venus à Ptolomée est chaude (qui est froide à Alcabice auquel la Lune semble froide) combien que Ptolomée luy communique vne chaleureuse faculté. Iugez de l'admirable dexterité d'esprit en ceste discretion, qui attribue à la Vierge signe froid, les Espagnes de chaude region. Et pour ne m'estendre à examiner leurs impertinentes applications des Signes aux parties de l'homme, par l'amaz de leurs vaines raisons, considerez vne preuue de bon sens interpretée par ce grand Rhapsode

Contrarietez entre Ptolomée & Alcabice

Vanité des Astrolog. rapportans à Saturne la religion Iudaïque.

Guido Bonatus. Alcabice, dit il, & les autres, qui ont donné à Saturne la signifiance des Peres, & des choses antiques & graues, ont esté esmeuz pour impertinente raison de sa pesanteur, & de son graue & tardif mouuement: à quoy il adiouste (apres Messahala & Albumasar) que Saturne signifie la religion Iudaïque, pource qu'elle est plus ancienne & premiere de toutes, & pource-que toutes Religions l'auouënt: bien qu'elle n'en auouë ou appreuue aucune, ainsi que Saturne ne se conioint à aucune des autres Planetes, mais bien les autres à luy. Puis quand il ha descrit grand nombre de miseres, lesquelles ceste Planete miserable pleut sur les hommes, remettant au Philosophe naturel la charge de rendre cause de telles impressions, & en exemptãt l'Astrologue. Luy pour monstre de sa plus esleuée subtilité, que n'est la tourbe commune de ses prophetes, se forge vne belle raison, sur le debat, qui est entre le Moteur extrinseque (vous recognoissez l'eloquence de l'homme) de la huitieme Sphere, & l'intrinseque Moteur, ou intelligence mouuante les Planetes: comme si le Moteur, qui chasse la Sphere huitieme d'Orient en Occident, & celuy qui repousse la Planete d'Occident en Orient, estoient passionnées de tant inapointable discorde & fiere inimitié, que les Planetes en conceussent comme par contagion celle malicieuse haine, de laquelle elles nous sont outrageuses: mesmes Saturne d'autant plus malicieux, qu'il est plus prochain de la source de si grande discorde. Dea! si ceste raison ha lieu, pourquoy est Iupiter voisin de ceste mesme source, fortune heureuse: & Mars plus loingtain, fier & malicieux? Pourquoy est Venus de constante bonté, aumoins fortune heureuse, & Mercure inconstant & flechissant autant au mal qu'au bien?

Que friuolement les Astrolog. donnent mauuais effects à Saturne, & que mal ils estiment les vnes bien faisantes, & les autres mal.

Que pourroit-on (ie vous prie) ouir plus vain & ridicule de la plus simple ou folle vieille, qui soit introduite aux Euangiles des quenouilles? Ce fol, de la plus esgarée ceruelle vous prophetisera lequel des cheuaux coureurs emportera le pris : & de quel poil il est. Il deuinera quelle saulse vous mangerez à disné : si les viandes seront seruies auant que vous soyez assis, ou apres. Selon qu'il trouuera la Lune au Cancre, en la Liure, ou au Capricorne en conionction, ou regardée de mauuaise Planete, il vous aduertira de ne point manger d'herbes, & par quelque autre Aspect les Truites salées vous seront deffendues. Vrayement ie ne puis n'esmerueiller la lourde simplicité de ceux, qui esperent en ces beaux Apotelesmes, remplis de tant de vilité, que les Astres mesmes en sont iniurieusement auilız. Pensez que Mars est doué de singuliere efficace, estant cause que celuy, à la naissance duquel il est seul significateur, deura manger sa chair corrompue & mal cuite. Et Mercure ioint à la Lune, n'est-il empesché d'vne sollicitude esmerueillable, rendant son Mercurial dextre à bien porter les plats dessus la table, & nettement trencher & la chair & le pain? N'est pas estrange la faueur, que donne Venus iointe à Iupiter, à son Venerien qui sera beau Psalmodieur, beau diseur de leçons à matines propre pour seruir à l'autel en tout ce qui appartient à la louange de IESVS CHRIST? Vrayement elle ha long temps gardé ceste sienne singuliere puissance sans effect, veu que plusieurs milliaires d'années, auant l'incarnation de Iesus Christ, & l'institution des ceremonies de sa religion, elle se promenoit par le Ciel : & faut, ou qu'au parauant elle n'eust fait rencontre de Iupiter (ce qui seroit trop ridiculement pensé) ou que les Planetes changent de puissance, &

Ridicules diuinatiōs de Guido Bonatus.

Allusion.

auec le renouuellement des siecles se renouuellent en nouuelles facultez chose impertinente & non probable : ou, ce qui est plus apparemment vray, que cest Apotelesme soit faux : ruine, en laquelle il est aisé de faire choir les autres, à qui voudra sonder leurs foibles fondemens. Mais sans plus remuer ceste orde Camarine d'Apotelesmes, voulez vous les voir bien empeschez? Employez les à donner raison de leurs aspectz, qu'ils nombrent seullement, Sextil, par distance de deux Signes : Quadrat, par distance de trois : Trigone, par distance de quatre : Opposition par distance de six : & Conionction, que l'vn passe sous l'autre. La raison de Ptolomée, qui diuise douze en quatre parties, comme nombre incapable d'autres proportions, est froide : car s'il reçoit la diuision du Ciel en douze, & de la forme ses aspectz, pourquoy ne seront les proportions rencontrées en la diuision de trois cens soixante (nombre vsité de luy, & auant luy) receuables? Si vous composez vne figure Celeste par Angles de trente six en trente six degrez, l'entier cercle sera diuisé en dix Angles. Le Soleil du premier degré du Mouton regardera d'vn Aspect dixieme, ou, comme ils diroient, decangulaire la Lune au sixieme degré du Taureau. Si le Soleil est au premier du Mouton, & Saturne au dixieme du Taureau, l'Aspect sera nonangulaire : & peut ainsi par diuision de neuf, le cercle de trois cens soixante estre rempli d'vne figure à neuf Angles, comme eslongnez l'vn l'autre de quarante degrez. Et si vous les eslongnez de quarantecinq, ainsi que font quelques Medecins aux supputations des iours Critiques, Iupiter au premier du Sagittaire, & Saturne au quinzieme du Capricorne, s'entre-regarderont d'vn octangulaire Aspect. Disposez vne figure de septante deux degrez

Qu'il y peut auoir d'autres aspects que ceux q sont receuz par les iudiciaires, & qu'ils ont vainement approuées.

Exposition des Aspects

Aspect de dix Angles.

Aspect de neuf Angles.

Aspect de huit Angles

Aspect de cinq Angles.

degrez entremis d'vn autre Planete, comme de Mars au premier du Mouton, & de Venus au douzieme des Iumeaux, cest Aspect sera quintil, & de cinq Angles egaux sera toute la circonference accomplie. Cecy possible est suffisant pour tirer non seulement en soupçon ceste diuision feinte & mal paliée de quatre figures angulaires: mais encores pour prouuer que Ptolomée trompé par l'authorité de ses predecesseurs Iudiciaires, les pensant couurir, se soit oublié en la vraye discipline de diuiser vne circonference par denombrement deu. Aussi qui considerera le Ciel estre vn corps continu & non desmembré, dans lequel les Estoilles sont semées tant menu, & les Signes disposez en telle estendue, deura estimer que ne leur auouër autres reciproques regards, que ces quatre auec la conionction, seroit leur fermer les yeux trop iniquement. Et puis que la substance ætherée est, hors toute comparaison, plus transparente qu'aucune substance Elementaire, qui peut empescher que les Astres ne s'entre-regardent aussi bien du dixieme au vingtieme degré, comme du soixantieme? Ie ne croy qu'ils entendent les regards estoilliers estre autre chose, que le rayonnement de leurs lumieres, ou le iet de leurs raiz l'vn contre l'autre. Et si chacune Estoille iette ses raiz de toute part de sa rondeur, on peut dire qu'elle regarde de toute parts entour de soy: & ainsi (merci de la courbure du corps celeste) que chacune Estoille iette ses raiz contre chacune de toutes les autres Estoilles: comme en vn cercle d'vn point se peuuent tirer Mathematiquemēt autant de lignes droites, qu'il y a de points: i'enten qu'vn cercle peut estre rempli d'vne figure Polygone à Angles infiniz: d'où il appert, que la puissance radieuse d'vne contre l'autre Estoille, aura d'autant plustost rencontrée son efficace, qu'elles seront disposées l'vne plus pres de l'autre. Demeure donq impertinente celle comparaison des Estoilles dans le Ciel à vne danse ronde, en laquelle vn danseur voit mieux celuy qui luy est eslongné par trois ou quatre rangs, que celuy, qui le tient par la main : car si la teste de l'homme estoit toute semée d'yeux, comme l'Estoille est illustrée d'vne rayonnante rondeur, autant luy seroit visible le ioignant, que l'eslongné, & le dernier, que le deuant. Au reste, quelle raison y ha il de dire l'Aspect Trigone ou Sextil empescher la malice de la mauuaise Planete: & le Quadrat ou l'Opposition empescher que la bonne ne puisse executer sa bonté? Il faut donq, contre ce-qu'ils pretendent (attribuãs aux Estoilles la cause des choses) que le bien & le mal soiẽt en l'estendue de l'espace d'vne à l'autre Planete, & non en leur propre qualité : & faut que l'action de l'Astre soit causée par le nombre & figure de sa disposition, & non par sa substance, par sa forme, ou par sa qualité. Voilà vrayement bien subtilement rapporté au Ciel la cause des choses, qui sont faites çà bas. Mais que belle est la raison de la difference des Aspectz rapportée à la contrarieté, ou ressemblance des signes: comme le Mouton de contraire qualité au Cancre, le Lyon au Scorpion, & les autres semblables, concluent, pource-qu'ils sont disposez en quarte partie de douze, que l'Aspect Quadrat est Aspect de contrarieté: combien que l'vniuerselle Philosophie consente la perfection du Ciel n'estre subiette à aucune intemperie, contrarieté, desordre, mutation, ou perissement. I'apprendrois volontiers quelle discorde pourroit estre entre l'vn & l'autre Signe, entre ce Signe & celle Planete, entre celle Planete & ceste-cy, pour faire qu'elles se faschent l'vne de l'autre. Ils estiment la

Queles Aspectz sont vainement estimez bõs ou mauuais

conionction & opposition de Mars & Saturne estre dangereuses, contre raison naturelle, si en ceste resuerie raison pouuoit trouuer son lieu : car au contraire, selon qu'ils distribuent les qualitez de la froideur Saturnienne, & de la Martiale chaleur, deûroit estre composée vne douce & souhaitable temperature de froideur reschauffée par la chaleur, & de trop violente chaleur refraischie par la froidure aduerse. D'auantage à grand tort ils iniurient Saturne, comme ennemi de Nature & de vie : puis, comme menteurs mal souuenans, ailleurs ils luy attribuent le premier mois de la conception ? Et quelle raison y ha il de mettre le commancement de la vie du fruit des-ià conceu, en puissance d'vne garde pernicieuse & meurtriere ? Ou qui peut supporter ce tiltre ignominieux à tant illustre corps embelli par la prouidence de plus ample Sphere qu'aucune autre Planete, & logé le plus pres des innombrables raiz vitaux, desquelles rayonne la resplendissante infinité des Estoilles ? Tels sont toutefois les discours ordinaires de ces indiscretz estourdiz, qui, nonobstant qu'ils soient contraints de confesser, nulle Estoille luire au Ciel, qui ne soit meilleure que le meilleur de tous les viuans, leur adiuger des meffaits tant vicieux, que le plus vicieux mesmes en auroit horreur : & ne leur viet point en consideration, que quād auec Ptolomée il seroit approuué de chacun, les corps celestes estre instrumēs de Dieu, il s'ensuiuroit, que ce qui seroit fait par les Celestes instrumens de ce diuin ouurier, deûroit estre reputé à l'ouurier mesme, sans lequel les instrumens demeureroient hors d'effect inutiles. Donques, si au souuerain bien ne peut le mal estre imputé, les Planetaires impiament afferment les adulteres & homicides estre causez par Venus & par Mars : & autres sem-

Que les Astres ne sōt causes de mal.

g ij

blables, ou pires vices par les autres Astres, lumieres du Ciel, & instrument de la Diuinité. Mais à quelle audace ne s'ose auancer ceste impudence? Ils veullent assuietir le Monde aux constellations. A la creation (dyent ils) du Monde, Iupiter estoit en l'Horoscope au quinzieme degré du Cancre: le Soleil, la Lune, & Mercure estoient en la dixieme maison, cestui au dixieme du Mouton, le Soleil au dixneuuieme, & la Lune au troisieme: en la septieme Mars estoit au vingt & huitieme du Capricorne: & pour feindre auec toutes cõmoditez la figure de tant illustre naissance, Saturne estoit logé en la quatrieme au vingt & septieme degré des Balances. Ainsi estoiẽt les quatre coins du Ciel marquez des quatre Signes principaux: accõpagnez des Planetes, excepté de Venus, en la neuuieme au vingt & septieme des Poissons. Voicy estrange diuination, si ce mensonge estoit accordé entr'eux, & s'ils me pouuoient dire à quelle esleuation Polaire se doit accommoder ceste figure, pour rencontrer les Signes & Planetes en leurs commodes maisons. Et puis les figures diuerses, les diuerses dispositions des Planetes, & les diuers mespartemens des Signes par les maisons selon diuers autheurs suffisent pour m'induire de ne leur donner foy en ceste discorde. L'vn des plus fins de leur secte, prognostiquant la durée du Monde, & les accidens qui doiuent aduenir, argumente en belle comparaison des quatre aages de l'homme, petit monde, qui est image du grand: comme si l'Vniuers en sa substance vniuerselle estoit passionnable de mesmes changemens, que les corps particuliers d'vne espece. Icy ce Prophete choisit entre douze Signes les quatre muables, ausquels les saisons se changent: à sçauoir les deux Equinoctiaux, le Solsticial & l'Hyuernal, disposez aux

Que fausse mẽt ils rapportent au Ciel la creation du Mõde.

Angles auec les Planetes. Là il s'eslieue en grandeur Prophetique. Il donne à Adam longueur de vie par la merci du Soleil, qui luy accompagnoit le Mouton ascendant. Regardez l'orde barbarie. Et (dit-il) à cause de la maison de Mars, sur l'homme premier & sur sa generation tomba la volonté de pecher, qui le mena à la mort : car (hò la viue preuue) Mars est ainsi nommé, comme pour dire Mors: d'où il aduint que le premier homme eut deux fils : l'un né souz le Soleil, qui fut le iuste Abel, & l'autre inique & meurtrier, né souz Mars, qui fut Caim. L'allusion de Mars à Mors, est subtilement rencontrée, & de prompte finesse: mais cest industrieux deuin, ne deuina pas que tel nom n'est naturel à celle Planete, laquelle les premiers appelloient Pyrois, ou autrement selon les langages differens. Or voila le premier aage du Monde depesché souz le Mouton ascendant : apres lequel le Cancre Solsticial, gloire de Iupiter & maison de la Lune, fut ascendant à la naissance de Moyse. Aussi le feit Iupiter grand Pontife des Iuifs, desquels la loy en maniere d'un Cancre, est allée au rebours, bon & vigoureux argument : adioustant que ce Signe aquatique, mansion Lunaire, feit miraculeusement demeurer Moïse sur les eaux: & ainsi est passé l'aage second, suiui par un tiers souz les Balances, gloire de Saturne & maison de Venus, qui estoit l'ascendant de la naissance de Iesus-Christ, surnommé Roy des Iuifs, à cause de Saturne significateur de ce peuple & de sa religion : & pource qu'aux Balances ils estiment Venus estre logée, il fut beau extremément, & en sa louange ont esté composez infiniz cantiques, & musicales chansons, pour ne dire plus au long leurs folles & chastiables diuinations : qui deuoient plustost accommoder ce Saturne

Vanité des Astrolog. sur le premier aage du Monde, & sur la creation d'Adam.

Equiuoque ridicule de Mars à Mors.

Pirois alias Mars.

Vanité sur l'aage second, & la naissance de Moyse.

Vanité sur l'aage troisiesme, & la naissance de Iesus-Christ.

à Moyse, comme au plus fameux autheur de la religion Iudaïque. Apres ceux cy, nous reste le dernier aage, pour le commencement duquel naistra l'Antechrist, ayant pour ascendant le Capricorne, gloire de Mars, & maison de Saturne: & sera ce personnage, à cause de Mars & de Saturne, accompli en toutes meschancetez, retenant de l'vn l'orgueil, la cruauté, l'enuie, & la discorde: de l'autre l'auarice, la haine, la sedition, & tous les vices influez par ces deux Planetes impiteuses, qui feront non seulement finir d'vne si triste misere ceste longue Tragedie des siecles, mais encores ruineront & dissoudront ce beau Theatre mondain.

Vanité sur le quatrieme aage & la naissance de l'Antechrist.

Considerez, ie vous prie (poursuiuoit le Curieux, esmeu iusques à la colere) de quelle espece de presomption est leur defaut de iugement accompagné: prophaner ainsi les choses saintes, attribuer à l'effect l'honneur & la force de cause: donner terme aux religions, aux Empires & estats des Republiques selon les reuolutions estoillieres: rapporter l'impieté des meschans, le deluge, l'ecpirose ou embrasement vniuersel, & perissement du Monde, la sainteté des bien-viuans, l'abstraction des Prophetes, la merueille des miracles, la faute du peché originel, voire la redemption d'iceluy, & l'incarnation du fils de Dieu, aux rencontres des Astres. Cela est trop horrible: cela est trop indigne de toute humanité. Aussi croy-ie que les Theologiens condamnent & au feu, & au piz les articles de leur profession fouillez par ceste barbarie: comme ie sçay les Philosophes auoir doctement recerché & recogneu en la nature des choses les causes prochaines & certaines, sans auec tant ridicule superstition, les rapporter aux loingtaines & aux constellations, à la mode des ignorans; qui en faute de response, courent tousiours

Temerité des Prognostiqueurs.

à ce secours friuole. Combien qu'il soit plus qu'euident, que chacun corps est tel corps qu'il est, par la vertu (comme on diroit) ensemencée dans son espece, & non pas par la constellation : car en vn mesme moment, la femme, la iument, & la lyonne feront, celle l'homme, ceste le lyon, & l'autre le cheual : & ce par la vertu de la semence de son espece. Ainsi en mesme saison & en mesme moment sortiront de terre ceste & celle herbe, toutefois d'efficace contraire, selon la diuerse vertu des semences de leurs especes. Que font donq les Estoilles ? Comment, ou dequoy sont-elles causes ? Des mesmes especes, non : car si les especes sont eternelles, elles n'ont autre cause que l'eternité : & si elles ont esté creées au croire de nostre religion, le moment soudain, comme de chose aussi tost faite que dite, ne donna aux Estoilles loisir de se remuer en assez de differentes constellations, pour estre causes de l'innombrable diuersité des differentes & contraires especes, qui remplissent ce Monde inferieur. Elles sont (diront ils) causes des choses qui aduiennent aux indiuiduz, ou corps particuliers des especes : cela ne peut estre. Prenez (pour exemple) l'espece des Corbeaux ou des Pies, qui pondent, grouent, & esclouent en diuerses regions & en diuers momens, heures & iours, & possible plus d'vn mois durant continuellement, de moment en moment s'esclouent les petis de ces oiseaux. Mais où se peut recognoistre la diuersité des diuerses constellations, qui se font en vn mois par les Celestes mouuemens ? Tous ces Corbeaux sont noirs, de tant pareille grosseur, que mal-aisément choisiriez vous l'vn different de l'autre : toutes ces Pies sont mes-parties de mesmes couleurs, mesme nombre de pennes, mesme articulation de voix : bref, si semblables, qu'elles en sont tirées en prouer-

L'estre & la nature de tout corps, doit estre rapportée à son espece, & non au Ciel.

Que les Estoilles ne sont causes des especes ny des corps particuliers.

be. Donq les Estoilles sont deschargées de ceste sollicitude, qui sera rendue à la naturelle semence, & aux especes des Corbeaux & des Pies. Autant peu prouuable sera la puissance des constellations en l'espece des hommes, la vie desquels, outre la commune nature, est conduite par la diuersité des mœurs & nourritures : des coustumes des regions, religions & diuerses loix, comme descouurit amplement l'excellent Astronome Syrien, Bardesane. Entre les Indiens & les Bactres, anciennement se trouuoit vne secte d'hommes, surnommées Brachmanes, de laquelle les professeurs estoient en nombre de beaucoup de milliers. Ces hommes par obseruation de certaines loix, & de remonstrances & commandemens paternels, s'accoustumoient de viure sans manger d'aucun corps ayant eu vie, & sans boire vin: n'adoroient aucun simulachre : mais affranchis de tout vice, estoient esleuez continuellement en contemplation de la diuine grandeur. Toutefois en la mesme region, le reste des Indiens estoient enseuelis en superstitions idolatres, commettoient adulteres, cruautez & meurtres sans nombre, & s'engorgeoient d'vne yurongnerie continuelle : voire qu'en vn Climat Indien s'en trouuoit (comme encores auiourd'huy) qui chassoient d'vne venerie inhumaine les hommes ainsi que bestes sauuages pour les manger, & par sacrifices accomplir les horribles vœuz de leur idolatrie. Chose admirable, qu'entre les Brachmanes ne s'en rencontroit vn seul, qui fust par les Planetes malicieuses incité de mal faire : ny entre l'infinie multitude des autres s'en voyoit vn, qui par quelque Planete heureuse, fust encliné au bien. Toutefois il ne peut estre qu'entre tant nombreux peuple de bons & de mauuais ne se feissent plusieurs rencontres de ceux-cy & de

Que les Astres ne peuuent rié sur les mœurs des hommes.

Brachmanes Indiés.

de ceux là, naiſſans en vn moment : & ne pouuoient eſtre tous les bons ou tous les meſchans naiz ſouz vne meſme ou pareille conſtellation, qui les rendiſt tant ſemblables de mœurs. Les Perſes, ſurnommez Maguſſées, par permiſsion de leurs loix eſpouſoient leurs filles, leurs meres, & leurs ſœurs : neantmoins à la naiſſance de tous, il n'eſt poſsible que Venus regardée par Mars, fuſt auec Saturne en la Saturnienne maiſon. Croiriez-vous qu'à la naiſſance de tous les Getuliens anciennemẽt Venus & Mars fuſſent au Mouton, pour les rendre delicats, braues & vaillans tout enſemble? Et les Bactrianes viuantes en liberté, maiſtreſſes des hommes, & voluptueuſes au choix de leur volonté, eſtoient-elles toutes nées, eſtant Iupiter & Mars auec Venus en la dixieme maiſon, aux degrez ordonnez pour les limites de Venus? Quelle eſtoille pourroit contraindre tous les Iuifs naiſſans, à eſtre circoncis le huitieme iour de leur vie? Ils naiſtront à Rome, à Veniſe, en Auignon, & à l'heure de leurs naiſſances naiſtra vn Romain, ou Venitien Chreſtien, qui au huitieme iour ne ſouffrira, comme le Iuif, aucune coupure en celle partie. Ont-ils Eſtoilles particulieres, qui puiſſent ſus eux & non ſur les Chreſtiens? L'Egypte, la Paleſtine, & pluſieurs autres contrées ont eſté habitées de ce peuple circoncis ſelon la Loy Moſaïque : donq en ce temps, l'Eſtoille Iudaïque ha elle changé de Climat, ou, pour mieux dire, eſt-elle eſgarée & fuitiue par le Ciel, comme ceſte miſerable ſecte ſe voit auiourd'huy vagabonde, fuitiue & bãnie de ſa terre ancienne? Il eſt vrayement trop euident que les mœurs, les loix & les religions iointes à la libre volonté de l'homme, ont plus de force que la conſpiration des Eſtoilles aux humaines naiſſances. Les regions ſouffrent

Perſes, eſpouſans leurs parentes.

Getuliens, vaillans & delicats.

Femmes Bactrianes.

Iuifs circõcis.

Monarchie & autres ſortes de gouuernemens peruerties.

diuerses loix, diuerses constitutions de Republiq. ores la Monarchie, ores la Tyrãnie, ores l'Aristocratie, ores l'Oligarchie: vn temps la Democratie, vn autre l'Ochlocratie: à vne religion esteinte succede vne autre, comme les volõtez des hommes se conduisent. Toutefois il ne se croit que les Planetes ayent changé ny Climat, ny Nature. D'auantage, voyez combien peut l'Astre plus sur le corps que sur les mœurs. Qui feit que les Macrocephales (au rapport d'Hippocrate) eussent les testes plus longues qu'aucune autre nation? La coustume fut premiere inuentrice: car au commencement, pource-que les testes plus longues leur sembloient les plus belles, soudain que l'enfant estoit né, ils luy pressoient la teste encores tendres, & l'allongeoient autant quil leur estoit poßible: puis la lioient en coiffure commode pour luy laisser prẽdre forme, comme on feroit vn fromage de bresse. En fin, par laps de temps, Nature consentant & conspirant auec la coustume, ainsi que la semence rapportée de tous les membres se rencontre à la conception toute ensemble, selon la qualité de chacun, c'est à dire (selon ceste Hippocratique sentence, combattue par Aristote) saine du sain, & vicieuse du vicieux, produisit les Macrocephales naturels, sans que l'artifice des bonnes meres fust encores requis, pour alonger les testes. A ceux-cy donq, ne peut aucune Planete estre cause de ceste longueur de teste, contre la naturelle forme, ronde & mollement applatie enuiron les ioues en tous les autres hommes: car la coustume ayant commencé, si le Ciel vouloit auoir part de si belle industrie ou nouuelle Estoille, deuoit estre creée, ou du moins à quelque Estoille, puissance nouuelle deuoit estre acquise pour estre cause de ce nouuel effect. Mais sous quelle Celeste cause tombera le teint blanc

Que les Astres ne peuuent rië sur ler corps humains.

Macrocephales.

& noir ? L'Ethiopienne, & l'Angloïse, ou Escossoise accoucheront en vn mesme moment. De l'Ethiopienne naistra vn enfant noir, & de l'Angloise vn blanc & blond : toutesfois estans naiz souz mesme constellation, ils auront teint contraire : comme peut la Lune, qu'ils estiment estre cause du teint blanc, refuser sa puissance aux Ethiopiens ? Pourquoy est-ce que Saturne ne noircit les Anglois, ou Escossois? En vne ville naistront deux enfans à mesme moment : l'vn fils d'vn gueux, & l'autre fils d'vn Roy : cestuy sera grand Seigneur, & l'autre toute sa vie belistre. Donq la constellation est elle affectionnée à la faueur de l'vn, & disgrace de l'autre ? Vous semble-il point que ce grand Seigneur deura remercier sa richesse, au bien de sa maison : & le belistre recognoistre sa miserable mendicité, de la besace paternelle, plustost que se ressentir ou plaindre du Ciel ny des Estoilles, comme causes de leur bien & leur mal ? Beaucoup plus croyable & accompagnée de raison me semble l'opinion de ceux, qui ont dit toutes choses aduenir par actiõ d'inclination naturelle, ou par naturelle nourriture simplement, produisant & fournissant d'accroissement : ou par naturel iugement & sentiment determiné & confiné en limites certains : ou par iugement volontaire & libre, ou par accident. A l'action d'inclination naturelle se rapportent les Meteores, par exalations, euaporations, attractions, transmutations, inflammations & recheutes naturelles: les naturelles inclinations des Elemens, ou parties, ou corps Elementaires tendans en leurs sieges ordonnez & naturels: comme à la Terre le bas, & au Feu le haut. Les Planetes, & autres tels corps croissent, grainent, ou seichent par naturelle nourriture simplement. Les Animaux bruts, ont naturel iuge-

Que les Astres ne peuuent riẽ sur le teint de l'homme.

Que les Astres ne sõt causes de la richesse, ou de la poureté.

Vrayes causes des choses qui aduiennẽt au Monde.

Action de naturelle inclination.

Action de la vegetation.

Action du naturel sentiment & iugement limité.

ment & sentiment : mais leur iugement est determiné & limité à certaines choses, selon les diuers naturels de leurs especes diuerses. Ainsi la brebis, iuge & sent le Loup luy estre aduersaire mortel, & ne peut ne le craindre & fuir. Toutes fourmis, d'vn naturel iugement & sentiment, mesnagent & amassent auec celle gentille préuoyance qui faict honte aux paresseux. Toutes abeilles bastissent leurs maisonnettes, choisissent & succent les fleurs tant industrieusement, moyennant ce iugement & sentiment naturel. Mais telles actions sont limitées selon leurs especes : car toutes Brebis sont craintiues du Loup : toutes fourmis sont preuoyantes & mesnageres : & toutes Abeilles industrieuses, d'vne mesme crainte, d'vne mesme préuoyance, & d'vne mesme industrie.

Exemple.

Action de iugemét libre & volontaire.

L'homme pourueu de libre iugement, outre le sentiment naturel commun auec les bestes, & la naturelle nourriture commune auec les Planetes (merci de la libre volonté, de laquelle il est doué) tournant & retournant diuers conseils, librement & volontairement fait ses œuures, se prescrit vn ordre de viure, & puis change ce prescrit : & combien qu'il soit quelquefois esguillonné des humeurs, il ne se laisse neantmoins sans le consentement de la volonté vaincre à leur impetueuse violence, mais brise telle force par artificielle industrie : & auec les considerations intellectuelles, & studieuses recerches des bonnes mœurs, chastie leur intemperance, & l'arreste quelque part qu'elle tende : par agencement curieux, & laborieuse diligence il corrige & emende les deffauts qui sont aduenus en la forme, ou en la matiere contre la perfection de son espece. Ainsi Socrate, ainsi Stilphon Philosophe chastierent leur naturelle intemperance vicieuse. Demosthene, Cleanthe, Xe-

Stilphon.

nocrate & plusieurs autres, se sont par diligence, deffaits des empeschemens naturels qui les empiroient. Adioutez que l'homme par vne subtile consideration préuoit les accidens, qui peuuent suruenir : par vne prudente discretion: il les euite, s'ils sont à craindre, ou les se met en rencontre, s'ils sont desirables : par vne magnanimité courageuse il desprise & surmonte, ou par vne bonté patiente il souffre les accidens, s'ils sont mauuais : & s'ils sont bons, en iouit par vne modestie temperée. Bref, par le moyen de son iugement, de sa volonté & de sa liberté, il choisit & change à plaisir: d'autant qu'encores que le corps ne souffre ou ne iouisse, la passion de l'Ame egale bien l'effect & action du corps. Les dernieres choses qui aduiennent, sont accidentales ou fortuites, comme le desbander d'vn rouet de haquebute chargée, qui tuera vn homme : la cheute d'vne pierre, ou de la tortue, qui tombant sur la teste d'Eschyle, le tua : ou la rencontre de l'aneau de Polycrate dedans le ventre d'vn poisson : accidens qui ne se peuuent (à mon opinion) que ridiculement rapporter aux constellations, non plus que les naturelles inclinations, nourriture & accroissemens naturels: iugemens & sentimens de Nature limitée, ou volontaire & libre, chacune, tant proprement recogneüe de sa cause expresse, que les iudiciaires Planetaires en vain les croyent estre suiets aux Astres & mouuemens du Ciel. De ceste & autres semblables raisons, le Curieux auoit soustenu l'Astrologie Diuinatrice estre fausse, friuole, & mensongere, quand Mantice, le voyant en contenance de ne vouloir d'auantage parler.

Actions par euenement accidental.

Si la difficulté (*dit-il*) de pouuoir attaindre à la parfaite cognoissance d'vne doctrine, est espouuentail suffisant pour empescher le studieux d'y em-

Pour l'Astrologie iudiciaire.

ployer le temps & son esprit : ie confesse celle partie de Philosophie deuoir estre laissée, qui recerche les causes efficientes & vniuerselles des corps inferieurs par le mouuement & puissance des Astres : & qui par obseruation & vrayes experience nous apprend à descouurir par préscience la temperature des choses Elementaires, & les humaines inclinations : Mais si vne science, pource-qu'elle est certaine, doit estre receuë : si vn art, pource-qu'il est necessaire, doit estre exercé : & si vne discipline, pource-qu'elle est embellie d'infinies, subtiles & plaisantes contemplations, merite des professeurs : ceste, qui par Astronomie asseure ses admirables iugemens, me semble outre toute autre science, art ou discipline, digne d'estre receuë & exercée. Et ne me pourroit destourner de tant excellente profession, l'apparente force des argumens contraires tirez la plus part, par vn si, ou par vn inconuenient : ny mesme l'impuissance de pouuoit rendre raison à tout Apotelesme, dont l'on me presseroit. *Ie ne suis à apprendre, qu'entre les hommes, qui ont discouru, ou qui encores auiourd'huy discourent des choses, il s'en est trouué tousiours de tant delicats en creance, qu'à peine ce qu'ils touchẽt des doigs leur peut tõber en foy : & qu'il est impossible, non que mal aisé, par dissuasiõ donner persuasiõ nouuelle à l'obstiné, qui de fait aduisé s'arme pour ne rien croire. Mais aussi i'ay trop de cognoissance, combien telle conception est dangereuse, comme vnique pour destruire toute science : voire pour rebrouiller toutes les choses de ce Monde dans le premier Chaos : c'est à dire pour nous laisser en tenebres d'esprit, incertains & ignorans de tout :*

Descriptiõ de l'Astrologie.

Cõme l'incredulité q viẽt de trop grande curiosité, est dãgereuse.

& tellement estonnez de bon sens, que le discerner du faux & du vray nous seroit interdit. Par ce libre esgayement de Niemens à tous propos, & de refus des raisons jà receuës, perissent toutes les parties de Philosophie, demeurent les Stoïques, Academiques & Peripatetiques sans aueu : car leurs prouidences, æternitez d'ames & naturelles actions, ne seront fondées sus assez de raisonnables raisons. La mutation des Meteores en l'air, les vertus & faculzez des planetes, la generation des Animaux en la terre, & aux eaux : bref, toute cognoissance naturelle restera incogneue. Et piz, que Dieu (l'infinie maiesté & grandeur duquel est incomprehensible) pour n'estre prouué par assez ferme argument & apparence de la raison sensible, sera anullé de toute cognoissance, & piz qu'Epicuréement, deietté hors de l'entendement humain : demeurant ainsi toute science (d'autant que son subiet sera plus esleué & difficile) moins receuë de ces incredules, qui, n'estans raisonnables, forment en soy vne incapacité de receuoir ou choisir la raison. Ie ne suis pour dire maintenant de quel transport les passionne l'esprit refractaire de contradiction contre toutes les sciences : entre lesquelles la plus excellẽte & sublime leur est la plus odieuse. I'enten de l'Astrologie receuë de tant ancienne ancienneté, que la seule durée si vigoureuse contre le glissement des siecles, contre la non-vsance d'escrire ou la perte des liures, par les changemens de religions, par les abolitions ruineuses des villes, peuples & regions : contre la guerre continuelle des contredisans, qui ne l'ont sceu choquer si rudement qu'elle demeurée ferme & debout, ne soit auiourd'huy admirée de ceux qui l'ignorent, & illustrée de plusieurs doctes & diserts personnages, qui y consument leur estude,

Longue durée de l'Astrologie.

comme en la fin, où toutes les autres ſciences aſpirent: & ne ſoit receuë pour guide aux grandes adminiſtrations par les plus grands & mieux conſeillez Monarques, que la ſeule durée de l'Aſtrologie (di-ie) contre tant d'aſſaux doit ſuffire pour perſuader qu'elle n'eſt aſiſe deſſus fondement foible. Mais à qui pouuons nous plus fier de raiſon aux choſes non vulgaires & hautes, qu'à l'authorité d'vne perſonne illuſtre? Et ſi en ceſte ſcience, ou, pour mieux dire, vraye ſapience humaine, l'on peut amonceler nombre ſur nombre d'autheurs receuz & anciens, deuons-nous par faute qu'ayons de rencontrer raiſon, les deſdire tant irreueremment? Par quelle diſcretion pouuons nous les meſurer à l'aune de noſtre ignorance? Voyez quel nerf d'argument! L'on adnoue que ceſte ſcience eſt ancienne hors de toute memoire: Qu'infiniz ſont les autheurs qui en ont eſcrit: mais pource que nous n'auons pas les raiſons en teſte pour cela prouuer, & que les derniers qui en ont diſcouru, ſont froids en argumens, elle eſt fauſſe & non probable. Ie ne ſçay de quelle oreille vn autre peut receuoir cecy: mais à la mienne il ne ſçauroit ſonner rien plus impertinent: & croy que les premiers, qui par ententiues obſeruations & experiences repetées pluſieurs fois, cogneurent de quels effectz les Cieux s'employent ſur ce Monde inferieur, adioutoient à l'obſeruation & à l'experiment, les raiſons tres-certaines, leſquelles l'admirable promptitude & diligente perſpicacité de leurs entendemens (car les teſmoignages qu'ils ont laiſſez, ne permettent à la meſme ingratitude de leur refuſer ceſt honneur) pouuoit aiſément rencontrer: car leur perſpicacité viue, n'eſtoit pour ſe laiſſer aller apres la vanité, non plus que nous, qui maintenant groſiers, & moins eſclarciz de lumiere intellectuelle,

Qu'à faute de ſçauoir rendre raiſon des ſecrets d'Aſtrologie. elle ne doit eſtre condannée.

tellectuelle, ne pouuons imaginer les raisons, lesquelles, ou ils ont dedaigné de laisser par escrit comme vulgaires: ou ils ont esperé leurs successeurs douez de bonté deuë, leur deuoir prester en chose tant vtile assez de foy, sans en requerir plus scrupuleux tesmoignage: Ou bien ne croyoient que les siecles suiuans deussent produire des esprits tant tenebreux, que les causes, qui sembloient faciles à cognoistre, deussent demeurer obscures & incogneuës. Et, à vray dire, il est croyable que la lõgue vie des premiers hommes, estendue ordinairement en plusieurs centaines d'années, & le fraiz ressentiment qu'ils auoient encores de la communication, dont à la creation ils auoient esté fauorisez de la diuinité, prestoit assez belle commodité aux obseruateurs de tenter par longues experiẽces, quels estoient les Celestes effectz: car au commencement que les Cieux furent creez, la Lyre celeste accordée en parfaits accords, rendoit en toutes choses une harmonie parfaite. Les Estoilles, non encores eslongnées de leurs propres lieux, constituez par leur eternel Moteur, escouloient çà bas d'une gracieuse influence toute temperature en la generation des choses: mesmes les hommes estoient douez de tant illustre & singuliere purité d'entendement, que rien ne pouuoit leur estre difficile, incogneu, ou voilé de tenebres. Allors dignement s'exerçoient ces beaux esprits. Lors lisoient ils dans le Liure Celeste les choses aduenir: & preuoyans la mutation & empirement de tout, ne perdoient l'occasion de nous bien faire par aduertissement & instruction de ceste, & des autres disciplines pitoyables de l'ignorance, en laquelle (possible, ils préuoyoient nostre cheute future. Puis quand les Estoilles esmeuës à la fuite de leurs cours ordonnez commencerent à changer de place, &

Raison de la verité d'Astrologie, cognue par les premiers.

Lyre celeste.

partir des sieges où elles auoient esté logées en l'accomplissement de ce parfait ouurage mondain, la temperature des choses commença à soy distemperer, & tout à s'abbastardir, en empirant de la premiere & pure generosité. Degeneration, qui n'espargna les hommes tendans tousiours à diminution & obscurcissement de celle souueraine & intellectuelle lumiere, qui abondante aux premiers, les faisoit d'autant plus subtils & clair-voyans, que nous tenebreux & aueuglez, sommes maintenant grossiers & incapables de comprendre les causes & raisons des choses cogneues & faciles aux siecles anciens. Aussi est-il aisé de iuger les raisons entre-meslées aux escrits qui nous restent des modernes (i'appelle modernes ceux, que nous auons plus anciens, en comparaison des premiers inuenteurs) n'estre que supplimens aux premieres, à la verité desquelles ceux-cy vouloient adiouter quelque preuue: ou bien estre fondée sur certains principes que nous ignorons, desquels toutefois la negatiue eust esté ridicule en leur temps. I'adioute que ceste science de tant esleuée hauteur, fut enueloppée premierement sous la couuerture des fables & de la Poësie, comme il est confessé les premiers Philosophes auoir en vers communiqué & fait voir leurs discours: & pour ceste raison ha encores auec soy telle ombre, que nul y peut choisir s'il n'a l'œil clair-voyant. Ce que ie dy, peut estre recogneu en tous les Poëtes: mais en toutes les fables anciennes, comme vous (s'adressant à moy) auez rapporté en voz vers Astronomiques, où i'ay souuenance d'auoir leu entre autres descriptions de la source de l'Astrologie, que

Poesie & ses effects.

Quand Nature accomplit le bastiment du Monde,
Enuelopant le tour de celle voulte ronde,

Où sont par cy par là, les Astres respandus,
Enfermant quatre corps iustement suspendus,
Le Feu chaut, l'Air esmeu de vaporeuse guerre,
L'eau glissante, & le faix de la pesante Terre,
Ensemble accompagnans ces Elemens diuers,
L'vn par l'autre nourris au creux de l'Vniuers,
Rendant en vne paix, mille paix composées,
D'vn accord, gouuernant les causes opposées:
Pour (comme est son pouuoir) faire vn effect entier,
Et que ce Monde n'eust d'autre que soy mestier:
Ne voulant point ailleurs qu'au mesme Monde mettre
La conduite du tout, qui au monde peust estre:
Ell' ficha dans le Ciel auec cloux eternels
La vie & le Destin.

Mais combien richement ha chanté Pierre de Ronsard en son Hymne des Astres, l'occasion pour laquelle Iupiter leur meit és mains le fil des Destinées,

Pierre de Ronsard.

Et leur donna pouuoir sur toutes choses nées,
Et que par leurs aspectz, fatalisé seroit
Tout cela que Nature en se Monde feroit.

Ces vers sont souuent parmi voz mains, comme dignes (si autres le sont en ce temps) d'estre accompagnez de ceux d'Orphée, d'Homere, d'Hesiode, & tant d'autres anciens, dans lesquels vous trouuerez les beaux secrets Astrologiques couuerts & recelez. Orphée fut le premier (si les Grecs sont creuz au tesmoignage, qu'ils se donnent d'eux mesmes) qui en Grece publia l'Astrologie, mais souz le voile des mysterieux secrets, lesquels il chantoit sur la Lyre montée de sept cordes, qui representoient le mouuement harmonieux des sept Planetes: bien-fait, qui par ses successeurs fut re-

Orphée Astrologue, duquel la Lyre est nómée au ciel

cogneu auecques tel honneur, qu'ils ont appellé du nom de

Accords & Aspects, accommodez

Lyre, certaines Estoilles, qui sont en la partie Boreale, entre le Cygne & l'Agenoille. Depuis les Pythagorées, dirent le Ciel estre la Lyre de Dieu: entendans par l'Aspect d'Opposition, le Diapason, Octaue des Musiciens: par l'Aspect Trigone, qui est fait d'vn, au cinquieme Signe, entendoient la quinte ou Diapenté: par le Quadrat (qui se fait d'vn au quatrieme Signe) ils entendoient Diatessaron, ou la quarte: par le Sextil Aspect d'vn au Signe troisieme, ils entendoient la tierce: iugeans qu'ainsi, que sans la rencontre bien disposée de tels accords nulle harmonie peut estre gracieuse, aussi les Aspects celestes sont necessaires pour la concorde absoluë de la mondaine harmonie. Et bien que les fables soient capables de diuerses allegories, & flexibles & maniables en plusieurs parts, si ne peut on leur oster le sens premier, qui ha esté entendu par les premiers. Ils cacherent souz le vol arti-

Fable de Dedale & d'Icare.

ficiel de Dedale l'industrie, auec laquelle il s'acquist la cognoissance Celeste, communiquée par luy à son fils Icare, qui incapable de la comprendre, comme telle grace n'est faite à tous egalement, tomba en la Mer d'ignorance. Ie me puis estendre (la grace des escoutans impetrée) aussi bien que vous Curieux (se tournant vers luy) au desuelopement de quel-

Secrets Astrologiques, cachez souz les fables Poëtiques.

ques fables anciennes, comme de Pasiphaë, qui alterée de cognoistre la belle constellation du Taureau, satisfeit à son desir par l'aide de Dedale. Qu'est le cheual aislé de Bellerophon autre chose, que la contemplation laborieuse, par laquelle ce studieux s'esleuoit en la cognoissance du Ciel? Mais

Fable de Pasiphaë.

Flable de Belerophõ.

pource que l'vniuerselle cognoissance de si grande chose estoit trop pesant labeur, auquel vn seul homme peust suffire, il n'accomplit son estude en assez heureux succez, & seruit d'exemple aux autres, pour auec plus modeste entreprinse se charger chacun d'en obseruer vne part. Athlas s'adonna au Ciel Estoillé, à la remarque duquel Hercule luy fut compagnon. Phaëton, ayant commencé la description du cours Solaire, deuancé de la mort, la laissa imparfaite. Et Titan, pour auoir esté diligent obseruateur des diuerses saisons de l'An, selon lesquelles l'action solaire exerce son efficace sur les semences, arbres & fruicts, fut tenu (au raport de Pausanias) pour frere du Soleil. Endimion d'vne opiniatre diligence, despendoit les nuicts à la consideration du mouuement de la Lune. Phryxe nota la constellation du Mouton. Castor & Pollux, celle des Iumeaux: Chiron, & Croton, celle du Sagittaire: Ganimede celle du Verseau, auquel il est attribué: comme Andromede Cephée (du nom duquel vn peuple qui honoroit les Mathemates & l'Astrologie, estoit appellé Cephenes, & depuis furent nommez Chaldées) Escu-lape, Orion, qui fut disciple d'Athlas en Beotie où il obserua le cours de la Lune. Persée, & les autres nommez entre les images du Ciel, furent obseruateurs du cours, de la forme & de l'efficace de ces Estoilles, qui depuis ont esté surnommées de leurs noms, pour fauorable recognoissance de labeur tant vtile & louable. Saturne, Iupiter, Mars, Appollon, Venus, Mercure, & Diane, furent Rois ou autres personnes studieuses, qui par leurs laborieuses industries ont cogneu le cours & l'influence des Planetes, depuis nommées de leurs noms. Apres lesquels quelques autres ont adiouté, comme il est excusable qu'en tout difficile subiect vn esprit, tant ait-il de sagacité, laisse assez à ses contemporeins & successeurs dequoy exercer leurs inuentions. Ainsi Ganimede esclarcit par son obseruation la cognoissance du cours de

Athlas & Hercule.

Phaëton.

Endimion.

Phryxe.

Castor & Polux.

Chiron & Croton.

Ganimede.

Andromede Cephée.

Esculape.

Orion.

Persée.

Quels estoient Saturne, & les autres, de qui les Planetes sont nommées.

Ganimede.

Iupiter & de l'Aigle, en laquelle luit celle belle Estoille de Iouienne nature, qui donna source à la fable du rauissement de ce ieune Troyen. Aristhée, ayant obserué le Solstice, & plusieurs Estoilles insignes, decouurit aux Grecs l'Estoille nommée le Chien Syrien, qui leur nuisoit par vne pestilentielle influence: Et nomma de ce nom celle Estoille dommageable, en memoire de la perte receuë par les Chiens,

Atrée, Thieste, Thiresie. qui auoient deuoré son fils Acteon. Atrée, obserua le Soleil: Thieste le Mouton: & Tiresie (singulier en diuinatiō) discernant entre les Erratiques les masculines des feminines, laissa aux Poëtes argumēt de chanter sa transmutation de l'vn en l'autre sexe. Quelle follie! mais quel impudent blaspheme

Minos. eust-ce esté de dire Minos auoir esté fils de Iupiter, Ascalaphe de Mars, Enée de Venus, & Autolice de Mercure, qui n'entendroit ces Planetes auoir eu le principal pouuoir à leurs

Ascalaphe. naissances? Minos fut Roy equitable par l'influence Iouiale: Ascalaphe, Roy des Orchomeniens, estoit guerrier par

Enée. la faueur de Mars. Et par celle de Venus, Enée gracieux,

Autolice. beau & aimé des femmes. Mercure influa en Autolice le larcin duquel il est infame. Ne s'entendent les differens descrits par Homere & Vergile, entre les Dieux, fauorisans diuersement les Grecs & les Troyens, Hector & Achille, Turnus & Enée, signifier autre chose, que les differentes constitutions des Estoilles, fauorables diuersement & aux

Mouuemēt de Saturne. vns & aux autres! Le mouuement de Saturne si lent, qu'il semble ne se bouger, & le morne & pesant effect de son influence, sont couuerts souz la fable, qui le feint auoir esté lié par Iupiter: & la haute profondeur de sa Sphere, auec la contemplation profonde du Saturnien, sont entendues par le Tartare, où il fut precipité. Vous auez les entiers Poëmes en memoire, & pouuez noter de quelle douceur ils ont rendu gracieuse l'escorce, souz laquelle sont serrées les admirables efficaces Celestes, declairées par l'Astrologie, qui par les anciens fut tenu en telle reuerence, que nulle ville estoit desseignée, nulles murailles fondées, nulle entreprinse ou publique ou particuliere faite, sans impetrer du Ciel le conseil & l'auiz. Et ne me semble la rigueur de la Romaine loy digne d'estre tirée en argument des-auantageux à la Diuine Astrologie : car celle fureur n'espargna ny Philosophes, ny Medecins, sans lesquels Rome se sçait auoir bien longuement vescu : ny, pour dire tout, aucune discipline, tant la Tyrannie pouuoit sur ces ambicieux, croyans que les lettres esueilloient les esprits des subiets à tant de cognoissance, que le ioug de seruitude apperceu plus clerement, leur sembleroit d'autant moins supportables, & indignez par impatience le se pourroient secouer de dessus. Vn seul exemple me suffira du malicieux Tybere, tant enuieux & ennemi de la posterité, qu'il estimoit Priam auoir esté heureux, puis que la ruine de son Royaume & de son païs fut coiointe à sa mort. Mais vn excellent Architecte, duquel on ne sçait le nom, (Car ce cruel deffendit qu'il ne fut point escrit) esprouua trop de quelle iniquité il se monstroit contre les bonnes sciences & arts industrieux. Cest architecte ayant dressé par admirable industrie vn grand portique, duquel tout vn flanc auoit prins coup & menassoit de tomber d'vn costé : Pour recompense eut vn commandement de sortir de la ville, comme si auec l'artisan, il voulsist donner bannissement à l'art. Peu de temps apres le miserable industrieux, pensant rencontrer quelque meilleur traittement du Prince (comme il le meritoit) se vint presenter à luy, & se iettant à genoux,

Reuerence en laquelle les anciens tenoient l'Astrologie.

Les edits Romains n'estre suffisans pour conuaincre l'astrologie de nullité.

rompit de fait aduisé vn vase de verre qu'il tenoit pour luy en faire present & impetrer sa grace. Puis receuillant les pieces du verre brise, promptement les r'assembla & le refeit entier, auec aussi peu d'apparence du lieu des briseures que si c'eust esté cire. Cela meritoit non seullement qu'on luy pardonnast telle offence (quand bien il eust meffait, mais encores qu'il fust tenu cher en admiratiõ.) Toutefois Tybere commanda qu'il fut mis à mort soudainemẽt, à fin que tant excellente maistrise ne paruint iusques à ses successeurs. Concluez donq sur les Edits, & la volonté de tant raisonnable Empereur. Vrayement, Curieux, ie croy que vous auez teu plus par affection, que par oubli, l'honneur, auec lequel les Atheniens dresserent en place publique vne statue (ayant la langue d'or) à la reuerence de Berose, pour memoire de ses diuines predictions. A vous soit le iugement, si ce fragment, (qui se lit souz son nom) est digne de luy. Pensez que l'Edit fait par ce bon Tybere vous deuoit seruir de grand argument: veu qu'il est plus qu'asseuré par les histoires, que ce qu'il en feit ne fut pour opinion qu'il eust de la vanité de l'Astrologie. Dion & les autres Historiographes me soient tesmoings cõme il estoit sçauant & experimenté en ceste discipline, & combien il luy donnoit de foy. N'auoit il pas des recercheurs expres qui luy rapportoient les iours & heures des naissances de plusieurs: à fin que s'il préuoyoit par leurs Horoscopes quelque fortune heureuse, ou qui leur promist quelque part à l'Empire par leur mort il peust estaindre le sort & trancher le chemin à leurs esperance. En feit il pas mourir quelques vns souz ceste nue & simple occasion? Voyez comme il croyoit ceste diuination, & combien il en tiroit d'asseurance. Galba luy estoit extrémement odieux: Si

Honneur porté publiquement, à Berose, Astrologue.

Curiosité de Thybere.

Preuoyãce de Tybere.

s'abstint-il toutefois de le faire mourir, pource-que par la figure de sa naissance il auoit cogneu, non vne promesse ou esperance douteuse, comme de quelques autres, mais vne necessaire asseurãce que l'Empire luy tomberoit aux mains. Et puis Vitelle (dites vous) leur donna iour & terme pour leur bannissement, Ie le confesse: cela toutefois vous deuiez adiouster qu'en espreuue de qui les Edits seroient plus certains, les Astrologues luy assignerent en tables fichées de nuict en lieu public, vn iour de deux, lequel il deuoit mourir: Ainsi qu'il luy aduint. Mais ce seroit trop cauilleux desguisemẽt de feindre les Monarques, ou grãds Magistrats auoir tous dedaigné ou abhorré ce subiet honorable estant ancien, que la premiere inuention en est hors de memoire. Donques soient les Babyloniens, qui auoient des escrits de quatre cens septante mille ans ou les Thebains: soient les Ethiopiens, ou soient les Egyptiens premiers inuenteurs de ceste science: il peut estre que les premiers la communiquerent, mais non absoluëment aux Egyptiens (comme Iosephe tesmoigne d'Abraham) qui depuis par la permission de l'Air ordinairement serein en leur region, se dedierent à obseruer tant continuellement, qu'il accomplirent la science. Et apres l'instruction des premiers illustrez de purs entendemens diuins, comme viuans en vn beau siecle d'or, suiuans leur façon pour certaines causes remarquerent certains effects en certaines parties du Ciel, qu'ils feingnirent images, comme encores nous tenons auiourd'huy: & de la diuersité des images obseruez s'esmeut entre eux la religieuse diuersité de viure: car ceux, qui choisissoient pour guide de leurs diuinations le Mouton celeste, reueroient vn Mouton. Ceux qui esleuerent Apis tant religieusement, le faisoient en reueren-

Quels anciens ont traitée l'Astrologie.

En quelle reuerence les Egiptiẽs auoient la discipline celeste.

Apis.

ce du celeste Taureau. Ceux, qui donnoient en leurs predictions le premier lieu aux poissons, s'abstenoient de manger du poisson. Le Capricorne (depuis tant honoré par Auguste, qu'il feit battre de la monnoye congnée de son image) estoit en tel respect d'une partie d'eux, qu'ils ne faisoient iamais mourir vn bouc. Osiris & Isis pour leur excellence en la discipline Celeste, furent adorez d'eux souz les noms du Soleil & de la Lune. Refuseriez-vous de croire que l'oracle Delphien, administré par vne vierge, fut secrettement rapporté à la Vierge celeste? Autrement pourquoy auroient-ils superstitieusement ordonné, qu'vne femme agée de cinquante ans feroit ce mesme office en virginal accoustrement, apres que le dissolu Echecrate Thessalien eust desflorée & pollue la vierge Phebade? Au Dragon boreal se rapportoit le Dragon respondant sous le diuin Trepied. Les Phliasiens pour empescher, que la chieure (i'enten celle Estoille qui est en l'espaule gauche du Charretier) n'en dommageast leurs vignes, auoient dressé l'Image d'vne chieure dorée, & la reueroient religieusement. Aucuns ont creu le Serpent Mosaïque, esleué au desert, auoir esté formé souz la constellation du celeste Serpent, d'où il tiroit sa vertu merueilleuse. L'on croyoit anciennement les Iumeaux presider au Temple d'Apollon Didimée. Mais combien de grands & excellens hommes se treuuent auoir trauaillé ceste part? Sasoche, second legislateur des Egyptiens, inuenta la Geometrie, &, au rapport de Diodore, communiqua la science celeste à ses Egyptiens. Licurge Lacedemonien vouloit l'administration de sa republique estre conduite par obseruation du Ciel: & par loy expresse ordonna qu'auant la pleine Lune, les Lacones n'iroient à la guerre: car il estimoit differente estre l'admini-

Raisō pour quoy l'oracle Delphiē estoit administré par vne vierge.

Le Dragon celeste.

Le Serpent de Moyse.

Temple de Didimée.

Que les grands & excellens hōmes ont honoré l'Astrologie.

Sasoche inuenta la Geometrie

Licurge Roy de Lacedemone.

ſtration ciuile en pleine, ou defaillante Lune, à laquelle il donnoit beaucoup de puiſſance deſſus l'Elementaire region. Par les Hiſtoires ſe voyent exemples memorables de ceux, qui ont eſté punits du meſpris de telles obſeruations des predictions qui ont eſté veritables, & de la creance qu'ont preſtée à ceſte ſcience les grands Seigneurs. Thales Mileſien premier de ceux, qui préueurent onques les Eclipſes, predit certainement les eſtranges mutations des Royaumes d'Aſie. Les Lacedemoniens entreprindrent vne guerre contre les Arcades, nonobſtant l'aduiz d'Epimenide, qui veritablement leur predit la ruïneuſe perte qui leur aduint. Au temps que Cæſar faiſoit la guerre à Ariouiſte, Roy des Allemans, quelques femmes Allemandes (deſquelles la profeſſion eſtoit de deuiner) aduertirent Ariouiſte & ſes gens de ne hazarder la bataille, ou venir au combat auant la nouuelle Lune, ſ'ils ne vouloient rencontrer leur mal'heur. Ariouiſte, incredule, demeurant vaincu, les trouua trop à ſon dam veritables. La Grece ſouffrit punition miſerable de la ſuperbe moquerie de Pericle, riant du Pilote paoureux le Soleil eclipſant, qui par ſemblable obſcurité d'Eclipſe donna vne autre fois aſſez ſeur aduertiſſement à Xerxe de la triſte & funebre entreprinſe de ſon voyage entreprins, combien qu'inuincible luy ſembla la multitude de ſa nombreuſe armée. Les Macedoniens, par vne Eclipſe Lunaire, ſceurent la mutation de leur ample Royauté en vile & baſſe ſeruitude. Pompée ayant eſté aduerty par vn deuin, qu'il deuoit ſe garder de Caßie, ayant touſiours l'œil à la race Caßienne par ſa prudence euitoit aſſez toutes embuſches, trahiſons, & autres entreprinſes cōtraires: Mais pource-que la diuination ne pouuoit eſtre menſongere, il fut tué, & en-

Thales Mileſien.

Epimenide

Pericle.

Xerxe.

Les Macedoniens.

terré à la montagne Cassie. Philisée ne donna-il pas aduertissement à Ciceron banni de l'espece de sa mort future s'il retournoit à Rome. La Monarchie fut elle pas predite par Theagene à Auguste, à la naissance duquel Nigide l'auoit des-ià predit? Les Caldées predirent-ils pas l'Empire, & le parricide de Neron à sa mere, qui respondit qu'il me tue, pourueu qu'il atteingné à l'Empire? Et Trasille deuina à Tybere qu'il seroit Empereur. Mesme aduertissement de grandeur, & outre de la mort, feit Sulla à Calligule. Vrayement l'Empereur Claude Cesar porta par la disposition de ses affaires assez de tesmoignage, combien il estoit asseuré de sa prochaine mort, preueuë par celeste obseruation. Tite Vespasien sachant la naissance de deux Romains Patriciens, qui entreprenoient d'arriuer à l'Empire, leur prédit seurement vn danger fort prochain. Vous auez leu que Domitian feit mourir Metie Pomposian, pource-que l'on disoit communément la constellation de sa naissance luy promettre l'Empire: D'où il appert que ce Tyran fut cruel contre les sciences, non pource-qu'il les estima inutiles, mais pource qu'il estoit ennemi de vertu: comme il tesmoigna par la cruauté exercée sur Iunie Rustique, & Eluidie, hommes doctes & studieux. Autrement pourquoy retenoit-il si curieusement l'an, le iour, l'heure & l'espece de la mort, que les Chaldées luy auoient prédit estant encores ieune? Voulez vous merueille plus grande, que celle qui aduint entre luy & Ascletarion insigne Mathematicien? Ascletarion accusé luy confessa l'asseurance qu'il auoit sur ses Diuinations: à quoy Domitian: Quelle (luy demanda il) doit estre ta fin? Ie suis certain, respond Ascletarion, que dans peu de temps les chiens me deuoreront. A ce mot l'Empereur soudain le

Theagene à Auguste.

Neron.

Trasile à Tybere.

Sulla à Caligule.

Claude Cesar.

Tite Vespasien.

Domitian.

Ascletariõ s'asseure de son desastre

fait tuer : puis, essayant de rendre l'art du diuinateur mensonger, commanda que le corps fust bruslé. Mais combien peut la Destinée sur l'Imperiale authorité? Vne tempeste soudaine escartant çà & là le funeral entassement de bois, laisse le corps demi bruslé, descouuert en proye aux Chiens, qui le deuorerent, demeurant sa prediction vraye & non mensongere. Tybere soupçonnant Thrasylle, Astrologue excellent pource-qu'il sçauoit toutes ses entreprinses conceuës, estant vn iour sur les murailles de Rhodes, deliberoit de le precipiter du haut en bas, à fin que par luy ses pensées ne fussent descouuertes. En ce dessein il regarde Thrasylle encore plus melancoliquement que de coustume, & luy demandant la cause de son estonnemēt, Sire (respondit l'Astrologue) Ie suis au plus grand peril où ie fuz oncques. Tybere lors esmerueillé de tant subtile diuinatiō, rompit son entreprinse, & laissa la vie à cest Astrologue excellent. Plotin, au recit de Iule Firmique, croyable en histoire de tant fresche memoire, comme de son temps eslongnée moins de soixante ans, ayant escrit contre le Destin & la puissance des Estoilles, ne peut auec son admirable doctrine & diligente prudence euiter la plus miserable mort préueuë, dont vn corps sçauroit estre consommé. Rodolphe comte d'Habspuyense pauure, & peu auancé en la court de l'Empereur Frederic ij. estoit seul honnoré par vn Astrologue, qui ne tenoit les autres Seigneurs courtisans (quelques riches ou fauoriz qu'ils fussent) en aucune estime. L'empereur s'en apperceuant, voulut que l'Astrologue luy en dit la raison. Sire (respondit l'Astrologue) c'est pource-que vostre race deffaillant, ie voy Rodolphe apres vostre mort deuoir estre assiz au siege Imperial. Aduint que l'an 1273.

Plotin.

Rodolphe fut par les Princes Allemans nommé Roy des Romains. Iambon Andreade Astrologue, prédit combien seroit pernicieux à sa patrie Nicolas, fils de Guido Mal-trauers de Pauie: Et fut trouuée trop vraye sa prediction par la mort de plus cent mil hommes deffaits, par le moyen d'vne sedition esmeuë par ledit Nicolas, & Scaliger qui estoit nommé chien. Ie ne puis taire la memorable diuination de Guido Bonatus, lequel vous tenez en tant friuolle estime. Il aduertit Guido comte de Monferrat d'vn certain iour, auquel s'il faisoit vne saillie, il vaincroit ses ennemis, toutefois qu'il seroit blessé en vne cuisse. Le comte sort, combat & deffait ses ennemis: Et Bonatus asseuré de sa prédiction l'auoit suiui auec œufs, estoupes & autres choses propres au premier appareil qu'il fallut appliquer à la playe deuinée. Bartholomy Cocles, Boloignois préueit sa mort violente, ayant prédit à Lucas Gauric cinq traits de cordes en l'astrapade, qu'il souffrit depuis par le commandement de Iean Bentiuolle. Telles esmerueillables predictions ont esté ouyes de ce temps infinies fois: mesmes à Iean Pic Comte de la Mirandole (incredule & ennemi formel de l'Astrologie) la mort auancée en ses ieunes ans fut préueuë d'an, de mois, & de iour: mais, pour n'en faire histoire plus longue, Paris Mantouan demeurera en admiration perpetuelle, & suffiroit seul pour preuue de la verité des diuinations Astrologiques. Car il escriuit du temps de la mort de Pape Leon au Cardinal Alexandre Farnese, depuis Pape, nommé Paule troisiéme, vne tant expresse prediction de ses affaires, qu'entre autres choses il l'aduertit de l'an de son auancement au Papat douze ans auant: d'vn danger d'estre noyé, sept ans au parauant: & de la mort, vingt & sept

Preparatif ordinaire entre les Chirurg.

Iean Cõte de la Mirã de excellẽt.

Paris Mantouã escrit au Pape Paule troisieme.

Predictiõs memorables aduenues.

ans auant qu'elle aduint. Niez maintenant la verité des Diuinations, & refusez au Ciel ces effects admirables, desquels il s'exerce, non seulement sur les hommes, mais encores se fait sentir & attire à soy d'une merueilleuse inclination les Plantes, les Pierres & les animaux. Ne voyons nous les herbes sortir de terre, les fleurs se desclore, les fruits meurir, les animaux naistre, changer de region & se mouuoir en differentes actions, selon le leuer, ou le coucher des Astres? Les Cigoigne, Oyes sauuages, Cailles, Arondelles, & autres oiseaux passagers s'en vollent, & puis retournent en temps certain d'vne en autre region. Le Lupin, le Soulcy, & la Cicorée se tournent apres le Soleil: l'Oliuier, le Saule, & le Peuplier blanc, renuersent leurs fueilles au Solstice estiual. La fleur de l'herbe nommée Tripolion par Dioscoride change trois fois de couleur en vn iour, selon que le Soleil se lieue, se hausse au midi, & se couche. L'herbe nommée Lotos (au recit de Theophraste) au Soleil couchāt se plonge la cime dedans l'eau, mesmes au Fleuue Euphrate, & suiuant le Soleil se renuerse contre le fond si droittement qu'on ne peut mettre la main pour la prendre assez profondement: puis quand le Soleil remonte, on la voit se hausser & sortir hors de l'eau. Les Vergilies celestes, sont exactement obseruez de l'herbe de leur nom, qui selon le leuer de ceste troupe d'Estoilles, naist & meurt au temps qu'elle se couche. En l'artificielle Boussole, l'esguille se tourne tousiours contre la partie Septentrionnelle. La pierre Selenite trouuée en Arabie, represente l'image de la Lune, selō qu'elle est croissante, ou diminuāte: comme en l'Heliotrope se voit vne marque tournoyant ainsi que le Soleil. Le formis sentant le neufieme iour de la Lune estre mal'heureux, ce iour ne

Les Plantes, Pierres & animaux recognoissent les Estoilles.

Lotos, herbe excellente.

Herbes Vergilies.

Calamite.

Selenite.

Heliotrope

Aduiz du formis.

sort iamais hors de sa formilliere, le Scarabée ou escargot ayant donné forme à ses petites boulles, composées de fiente de beuf ou d'asne, les enterre par l'espace de 28. iours: terme que la Lune prend à courir les douze signes du Zodiaq, & le 29. sort de son nid, & les roulant leur fait representer le mouuement du Ciel, les tournant d'Orient en Occidet, & puis à l'imitation des Planetes les retourne de l'Occident contre l'Orient, & ce auec trente petits pieds, desquels il est armé pour nombre pareil aux 30. degrez de chacun des 12. signes. Le Coq, par son chant ordinaire, nous aduertit de la minuit, du point du iour, & de ses autres parties. Le Cynocephale masle, tant que le iour de la ionionction du Soleil & de la Lune dure ayant perdu la veuë, s'abstient de manger, demeurant caché & abouché tristement contre terre. D'auantage, par une fluxion d'vrine, & par un hurlement aigu, repeté 12. fois, diuise le iour de l'Equinoxe en 12. heures egales, & mesure l'ombre Solaire. Et la femelle (outre les mesmes accidens) souffre vn flux menstrual. Les Halcyones (ie ne sçay si sont Martinets marins) cognoissent & attendent le coucher des Vergilies, & sept iours auant l'entrée du Soleil au Capricorne, font leur nid & les œufs en pleine Mer, mesmes en celles de Sicile, pour sept iours apres les grouer & esclorre, par permission de la tranquilité qu'ils preuoyent en cest Element, durant ces iours esleuz. Vn autre oiseau, nommé Parra, se cache le iour que le chien Syrien se lieue, & ne se monstre iusques à ce que cest Astre soit couché. L'Elephant salue la Lune nouuelle, & se laue d'eau viue. Orix, animal Egyptien, recognoit la Canicule, & tourné du costé d'où ceste Estoille se lieue, ayant esternué, l'adore. Et les Fourmis se reposent au defaut

Proprietez de l'Escargot.

Cynocephale.

Les Halcyones.

L'elephant

Orix.

faut de la Lune? Qui ne sçait, que plusieurs Animaux preuoyent, mais predisent ou par voix, ou par autre signe les mutations de l'air tempestueux, ou serein? Les Elemens ne se meuuent-ils ou de matiere, ou de forme auec le mouuement du Ciel? Outre la grande mutation des saisons ordinaires, la reuolution iournelle du Soleil change les qualitez de l'Air diuersement selon les parties du iour, au matin, au midi, & au soir. La Lune fait continuelle monstre de son efficace sur les corps, & principalement sur les humides. Les flots & reflots, cours & recours marins, luy sont deuz. Les Animaux d'escaille, comme Huytres, Moules, & autres semblables, les Escreuices & Omars sentent accroissement ou diminution de leur corporelle substance, selon son mouuement: par obseruation duquel le bon Medecin proportionnant les mois Medicinal de vingt & six iours & vingt-deux heures, en adioustant au mois de l'apparition manifeste de la Lune la moitié de l'espace duquel il est moindre que le mois de son cours ordinaire, trouuera la doctrine des Crises tres-certaine. Babylonne & Egypte ont esprouué mainte-fois que la peste cesse ordinairement, lors que le Soleil entre au Lyon: Car l'une & l'autre contrée recognoit cest image Celeste pour sa tutelaire constellation. Mais qui veut nier les admirables effectz desquels la Lune tempere l'action Solaire? Aux extremes chaleurs d'esté, lors qu'elle est pleine & en sa plus puissante lumiere, elle se retire loing aux signes froids de l'hiuer, pour de là refraischir la terre eschauffée par le Soleil ardent tout le iour. Au contraire, durant l'hiuer que le Soleil esloigné laisse la terre froide en pluyes, en neiges, & en gelées, elle s'approche de nuit & laisant des signes chaulds de l'esté attiedit l'extreme

Les Elemẽs subiects au Ciel.

Le Soleil.

La Lune.

Mois Medical, pour les iours Critiques.

froidure hyuernante. Ainsi par son officieux cours nous donne de nuict au besoing la tiedeur ou frescheur necessaire pour temperer la grande ou froidure ou chaleur que le Soleil auoit laissé de iour. Donques nous recognoistrons en deux Astres tant de manifestes effectz pour laisser les autres Celestes lumieres sans efficace. Les Medecins, les Nautonniers, les Laboureurs sont tesmoins non reprochables des effectz, lesquels ils predisent certainement, par obseruation des Cieux. Vrayement le bon Hypocrate (duquel toutes doctrines admirent la grandeur) quand il a escrit des eaux, des lieux, & de l'air, de la diete & façon de viure, & autres liures, commande bien expressément l'obseruation du leuer & du coucher des Astres: & sur l'Astrologie, asseure grand nombre de ses predictions de l'estat salubre ou maladif de l'humaine vie. L'art de la Nauigation n'est asiz sur autre plus certain fondement: Et du Ciel tirent les bons Pilotes la preuoyance du temps futur tempestueux ou serain: du moins les plus simples & grossiers matelotz eslieuent l'œil en haut, pour y recercher quelque signe de tranquilité desirée comme là où Theocrite chante:

Considera-tion des Pilotes.

> Deçà, delà, par l'air toute Nuée fuit:
> Et derechef au Ciel l'vne & l'autre Ourse luit:
> Mesmes les deux Asnons, auec leur créche obscure
> Se descouurans à clair, de bonace future
> Font signe aux Mariniers.

Mais ie vous prie niez les effectz celestes à l'Agriculture sans rougir, pour estre conuaincu d'impudence par la continuelle experience, & par Hesiode, Vergile, Columelle, Varron, Caton, & tous ceux qui de leurs discours embellirent onques le necessaire art de labourage. Auec l'authorité de ceux-cy, i'ose adiouter (sous l'aueu de Porphire) qu'anciennement les Dieux des Gentils, par obseruation du mouuement des Astres en leurs Oracles, predisoient les choses aduenir: comme Apollon interrogué sur le sexe d'vn enfant, duquel vne femme estoit enceinte, respondit, qu'il estoit feminin, rendant pour raison la constellation de la Lune & Venus. Comme encores il rapporta à Saturne la Pulmonaire passion d'vn Phtisic, & le iour prochain de la mort d'vn autre à Mars & à Saturne. Car la verité des Oracles anciens ha esté fermement auouée: & les Manties aussi, lesquelles (auec le demi-equiuoque) vous outragez à tort, comme mensongeres: mesmes la Necromantie est plus qu'euidemment prouuée veritable par l'histoire de Saül & de la Phytonisse. Vous auez leu (& nous le receuons pour telle verité, que le nier seroit piz qu'heresie) que celle Phytonisse euoqua Samuel mort: chose qui ne se faisoit que par Necromantie, selon la secrette doctrine de laquelle, le mort s'apparoissoit les piedz contremont, & la teste en bas s'il estoit appellé en faueur d'vne personne populaire: & au contraire, si pour royale personne, il se faisoit voir la teste en haut, & les piedz contrebas: d'où le Cabalistes dyent que la Phytonisse descouurit celuy qui l'interrogoit estre le Roy Saul, qui autrement de face luy estoit incogneu.

Les oracles responduz selon l'Astrologie.

Que la Necromantie est vraye.

Esprit de Samuel.

Mais pour laisser ces secrets profonds faire place aux raisons de la Nature plus familiere, sur lesquelles les Astrologiennes diuinations sont fondées: il ne se trouuera (à mon iugement) vn tant opiniastre ennemi de la discipline Celeste qui ne confesse les quatre qualitez premieres & vniuerselles Chaleur, Froidure, Seichereſſe & Humidité, souffrir alteration & changement souz le pouuoir des Astres. Tes-

Que les Astres peuuent sur les quatre qualitez vniuerselles, & sur les humeurs de l'homme.

moings en ſoient les quatre ſaiſons de l'An, diuerſifiées ſelon ces qualitez : deſquelles ſi nous ſommes compoſez, & ſi la temperature de l'vne auecque l'autre nous eſt ſource, & ſouſtien de la vie, deûrons-nous pas du moins recognoiſtre le gouuernement, & les mutations de noſtre partie corporelle, des mouuemens, des Aſtres, qui ſont cauſe de telle mutation aux premieres & grandes qualitez? Seroit-il croyable à vn bon ſens, que la Mer, l'humeur de la Terre, la ſeue & le ſuc des Arbres & des Plantes, & l'vniuerſelle humidité elementaire ſuiuit les mouuemens celeſtes, & qu'en nous ſingulierement les humeurs ne ſouffriſſent aucune mutation, & fuſt ſur ceſte part le Ciel ſans efficace? Ie ſçay bien que le plus ingrat permettra bien ceſte puiſſance aux Aſtres, comme choſe ſenſible & euidente. Reſte donq que par ceſte confeſſée puiſſance ie conclue le ciel pouuoir deſſus les mœurs, & les actions de l'eſprit : car par la doctrine d'Ariſtote & de Galien, c'eſt à dire par doctrine naturelle, les mœurs de l'eſprit ſuiuent la temperature du corps. L'humeur coleric rend l'homme impetueux & de mœurs & d'eſprit: l'humeur melancolic rend l'homme ſombre, & d'eſprit tenebreux: mais la temperature de ces humeurs corporelles eſt rapportée aux corps celeſtes, auſquels par ce moyen demeure la puiſſance de faire ſouffrir changement aux mœurs, aux actions d'eſprit & courages humains : deſquels les differences ſont multipliées de telle diuerſité, & les actions tant admirables, que, defaillant toute cauſe ça bas, le ciel ſans doute en doit eſtre appellé : car quand ceſte partie de Philoſophie naturelle ſeroit fauſſe, ie ne voy pas, que fort neceſſaire nous fuſt la cognoiſſance du mouuement du ciel, de laquelle à iuger ſans affection, la fin eſt, ſachant les mouuemens, ſça-

Que les Aſtres peuuent ſur les mœurs de l'homme.

uoir de quels effectz ils sont cause ça bas. Ainsi Ptolomée (& auant luy les Egyptiēs, les Chaldées & autres anciens) ayant discouru le mouuement des Astres, entreprint de descouurir leur nature & efficace vigoureuse sur nous, rapportant par vn industrieux calcul à l'heure de la naissance le cours entier de la vie suiuante. Et pour ce faire declaira la nature de chacune Planete & de chacune des Estoilles insignes & remarquées. Il ordōna raison & ordre aux Signes, aux Aspectz, & aux Maisons. Icy fondēt les aduersaires leur incredulité: & (cōme ils se laissent transporter à leur haine passionnaire) s'esmeuuent vainement, cōbien que toute ceste partie soit accompagnée de raisons receuables. Au Zodiaq. diuisé en douze Signes (outre beaucoup d'autres raisons) les anciens nommerent le Mouton, comme premier, en reuerence de Iupiter Ammonien, auquel cest animal estoit dedié, comme mis pour les sacrifices & diuines oblations en vsage ordinaire. Ils donnerent au second Signe, le nom de Taureau, pource-qu'ainsi que cest animal est fort & propre au labourage, le Soleil aussi entrant en sa constellation nous semble renforcer sa chaleur, & la terre se fait capable pour estre cultiuée. Les Iumeaux suiuent au troisieme lieu, comme signifians la chaleur Solaire estre redoublée, & qu'alors toutes bestes sont accouplées selon la feconde nature de leurs sexes & especes. Le Cancre represente le mouuement que le Soleil fait en reculant du Solstice, où est son plus long eslongnement. Apres nommerent le cinquieme le Lyon, en comparaison de la violence duquel le Soleil lors fait sentir par l'Air purifié sa plus vehemente chaleur. Des lors commence l'ardeur Solaire à se diminuer sur nous, & commence toute generation à cesser, pource-que la violence de chaleur

Raison des noms des douze Signes du Zodiaq.

Le Moutō.

Le Taureau.

Les Iumeaux.

Le Cancre.

Le Lyon.

La Vierge.

passée, ha consumé & desseiché toute engendrante humidité, ainsi que signifie le sixieme Signe, auquel, à ceste cause, ils donnerent le nom de la Vierge sterile, suiuie des Balances, qui mettent en contrepoix egal, & donnent egale portion de temps au iour & à la nuict, & au froid & au chaut. Mais pource-qu'au mois suiuant, le froid surmonte la chaleur, & l'Air corrompu par intemperie (ores de tiedeur, ores de pluye, ores de froidure) engendre diuerses maladies mortelles, ils nommerent ce huitieme Signe & espace du Ciel par le nom du Scorpion, bestion venimeux. Le temps suiuant la chaleur combatue, commence de faire place au froid, & l'Air distemperé par la froidure, darde sur la Terre des pluyes & des neiges, comme flesches tirées par le Signe, ainsi pertinemment surnommé Archer, ou Sagittaire: voisin du Capricorne, animal froid, sec & melancolic, pour figure de l'Air de telle qualité, quand la chaleur Solaire entierement vaincue fait place au froid, aux neiges, & aux glaçons. Au mois suiuant, que le Soleil, commençant de retourner à l'Equinoxe printemnal, dissout la rigueur des froidures en pluye: celle part du Ciel qu'il trace, est proprement figurée du Verseau: comme de l'image des Poissons le douzieme, quand les eaux signifiées par l'animal plus humide de tous, sont les plus abondantes. Pourquoy ne sera la rencontre des quatre Aspectz figurez en la diuision du Ciel par ses douze parties, receuë & estimée subtile? Les quatre saisons de l'an sont confessées & rapportées au chemin du Soleil par le Ciel, d'où les Astronomes l'ont premierement diuisé en quatre pieces, ordonnée chacune à sa propre saison. A celle du Mouton iusques au Cancre, pour le Printemps: celle du Cancre iusques aux Balances, pour

La Liure, ou les Balances.

Le Scorpiõ

L'Archer.

Le Capricorne.

Le verseau.

Les Poissõs

Raison des quatre Aspectz.

Quatre saisons, chacune en trois chãgemẽs.

l'Esté : celle des Balances iusques au Capricorne, pour l'Automne : & pour l'Hyuer depuis le Capricorne iusques au Mouton. Puis considerans le cours de chacune saison estre en trois changemens : d'vn commencement, d'vn accroissement & d'vne diminution, ils estimerent chacune quarte partie pertinemment estre diuisible en trois : d'où multiplians quatre saisons par trois changemens, trouuerent douze parties en l'entier Zodiaq, que le Soleil passe de course ronde, pour accomplir l'an de ses quatre saisons. Le cours de la Lune, qui en vn an se rencontre douze fois auec le Soleil, & qui fait entre l'vne & l'autre rencontre, quatre mutations aëriennes, se monstrant de trois faces singulieres, deux demies & vne plaine, ha esté adiouté pour cause de ceste diuision en douze, nombre dans lequel sont contenues les proportions parfaites, triples, doubles, autant & demi, & autant & tiers. La description des aspectz de six parties pour l'opposition, de quatre pour le Trigone, de trois pour le Quadrat & de deux pour le Sextil, est cogneue de tous. Et n'est moins certain, que sous ces nombres, six, quatre, trois, deux, est comprinse l'entiere harmonie, qui ne pouuoit estre recogneue en plus illustre corps, ny tirée de source plus digne que le Ciel : d'où les raiz descochez contre nous en l'vne de ses proportions, & non autrement, executent d'admirables effectz, selon la proportion du Triangle equilateral, ou isoscele, qui se fait par trois lignes imaginées : l'vne de l'vn, à l'autre point, qui forme l'Aspect : & les deux autres tirées contre le centre, qui souffre l'Aspect de chacun de ses deux points regardans. Le premier point du Mouton, regarde le premier point des Iumeaux d'vn Aspect Sextil : & se figure vn Triangle equilateral par imagination d'vne ligne tirée

Quatre mutations aëriennes, sous trois faces Lunaires.

Trois Aspectz, font de Triangles imaginez.

Aspect Sextil, en Triangle equilateral.

du premier point du Mouton au premier point des Iumeaux: d'vne autre ligne, tirée du premier point du Mouton contre le centre, & d'vne autre tirée contre le mesme centre, depuis le premier point des Iumeaux. Les autres Aspects sont de Triangles isosceles: car au Trigone & au Quadrat, se composent deux lignes egales, tirées de chacun point regardant au centre, & d'vne ligne plus longue tirée de l'vn à l'autre point regardant, cõme du premier du Mouton au premier du Cancre pour le Quadrat, & du premier du Mouton au premier du Lyon, pour le Trigone. Et ne sont receuës autres proportions d'Aspectz (car l'Opposition, & la Conionction sont cõme droites lignes tirées perpendiculairement sus vn point) pource-qu'entre deux Estoilles plus prochaines que l'Aspect Sextil ne les dispose, seroit vne ligne imaginée pluscourte que celle, qui tend du centre à la circonference: & tend ainsi les raiz empruntez l'vn de l'autre: car i'enten que chacune Estoille se fait centre pour receuoir, comme d'vn point de sa circonference, la vertu des raiz d'vne autre Estoille regardée, tellement qu'elle ne les employe loing de soy, qu'en proportion de la distance du lieu d'où elle les ha empruntez.) Ainsi donques, ces raiz empruntez l'vn de l'autre, ne se pourroient estendre iusques au centre, pour en s'y conioingnant, influer leur efficace. Car si vne ligne tirée du premier point du Mouton au premier point du Taureau, s'accommodoit contre le centre, elle demeurarat suspendue, ne pourroit arriuer iusques à luy, pource-qu'elle seroit moindre qu'vn demi diametre. Et qui refusera ceste, ou semblable raison, prenne garde, que si certaines & proportionnées distances de deux corps & d'vn miroir, font apparoir ou disparoir l'vn à l'autre des corps, dans le miroir presenté, il est bien necessaire

Aspects Trigone & Quadrat, en Triãgle isoscele.

necessaire que par certaines & non des-ordonnées proportions, deux Astres executent en vn point subiet, l'effect de leur admirable puissance. Chose que ie deduis, supposans que la distribution des vertus planetaires se doiue rapporter au Ciel huitieme, selon les parties duquel les Planetes sont diuersement officieuses: car autrement les triangles seroient composez en autre proportion, selon qu'vne Planete seroit plus prochaine de la terre que l'autre, comme ie pourrois discourir en vn plus grand loisir. Ainsi peuuent estre rendues raisons suffisantes des fondemens d'Astrologie: de telle toutefois & tant rare dignité, qu'il est defendu à ceux, qui par capacité de leurs esprits heureusement esleuez s'en sont renduz cognoissans, de la communiquer trop vulgairement. Chose, qui, rendant les fondemens de la discipline plus obscurs, preste occasion à ceux qui les ignorent, d'esgayer leurs libres entendemens à la blasmer, & iuger mensongere. Se est-ce que rien ne s'y trouue sans raison, sans ordre & sans singuliere proportion. La bonté & la malice des Aspectz est proprement affermée par la nature des lieux de leurs distances: car les Aspectz Sextil & Trigone sont entre eux accordez d'vne mesme ou prochaine nature, comme du Mouton masculin & ignée aux Iumeaux masculins & aëriens de nature beaucoup prochaine au feu: & pource-qu'ils ne sont en tout semblables, l'Aspect Sextil est de bien-veuillance couuerte, & d'imparfaite amitié: mais le Trigone est d'amitié parfaite & d'apparente bien-veuillance, comme du Mouton au Lyon, qui sont deux Signes ignées masculins, & de mesme nature. L'Aspect Quadrat est fait malicieux pour la discorde qui est entre les Signes disposez en cest Aspect, comme du Mouton ignée & masculin au Cancre fe-

Raison du bō ou mauuais effect procedant des Aspects

m

minin & aquatique, tant contraires en tout, que cest Aspect est d'inimitié outrée. Et est ceste discorde tant malicieuse, que des deux iointes ensemble, se fait l'Opposition, qui est mauuais Aspect, comme du Mouton aux Balances, qui est opposition composée de deux Quadras, l'vn du Mouton au Cancre, l'autre du Cancre aux Balances. Mais si ceste raison ne suffit à quelqu'vn tant difficile à contenter, que ny ces raisons, ny l'authorité des Autheurs, ny la prescription du temps qui ha receu cecy de plus vieille memoire, ny l'experience certaine luy suffisent, i'adioute que de deux Signes opposez, l'vn monte sur l'Horison, & l'autre descend dessous : en l'vn le Soleil logé, fait vne saison contraire à celle qu'il feroit estant en l'autre opposé : le Soleil au Mouton fait le Printemps, & aux Balances il fait l'Automne : au Cancre il faict l'Esté, & au Capricorne il fait l'Hyuer. Et puis les diuers lieux ne diuersifient la qualité de l'Astre. Vrayement ie ne voy rien plus prouué, & mesmes vous auez confessé (s'adressant au Curieux) que le Soleil se faisoit sentir çà bas en plus ou moins violente chaleur, selon la place de laquelle il nous luit : Car du Cancre il nous brusle & seiche, & du Capricorne il nous laisse & geler & moiller. Pourquoy donques n'auront les autres Planetes differentes puissances, selon qu'elles seront assises en vn ou autre lieu du Zodiac ? Mais qu'est il besoin qu'icy ie rapporte les causes, lesquelles (vrayes ou fausses qu'elles vous semblent) ie sçay que vous n'ignorez point ? Vrayement à qui voudra sainement contempler l'estre du Monde, il trouuera que les experiences repetées en infiniz effectz, concluent necessairement la verité des causes attribuées par tant authorisée antiquité aux corps Celestes, que les aduersaires semblent estre obsti-

Oppositiõ ou mauuais Aspect.

Proprieté du Soleil.

nez en trop des-raisonnable incredulité. Quel tesmoignage, (ie vous prie) attendent ils ? Si les hommes de plus illustre marque ne leur semblent croyables, faudra-il que les brutes soient contre nature, douées de parolle pour leur persuader ? Plotin & Origene combattans ceste science excellente, furent contrains de confesser dedans les Cieux les choses qui doiuent aduenir, estre escrites en lettres qui se trassent continuellement : ou qui dés le commencement furent faites & descouuertes au fil du temps, selon que les choses succedent l'vne à l'autre. Mais s'ensuit-il (comme ha voulu Plotin) que si le Martial ou le Saturnien est de complexion mauuaise, que Mars & Saturne soient malicieux ? Trop insupportable seroit l'impieté, qui contamineroit de telle outrageuse calomnie le ciel : qui, influant çà bas ses puissances, les imprime selon la capacité du subiet, & non en parangon de comparaison rapportable entierement à sa perfection. Le Feu materiel accommodé à nostre vsage, procede du Feu superieur : & toutefois il tient ses qualitez beaucoup empirées : Car le superieur est durable, non esteingnable, salutaire & conseruateur des choses engendrées & de leur generation : au contraire, le materiel est peu durable, esteingnable, requerant pour l'entretien de sa durée nourriture continuelle, dont il est dommageable & ruïneur de tout ce-qui tombe dessous sa deuorante force. Le superieur est tout lumineux : & le materiel tousiours accompagné de fumée tenebreuse. Donques de la puißance ignée, qui de là haut se communique çà bas, & rejaillit sur nous, ne nous reste que ie ne sçay quel feu abastardi, qui neantmoins ne doit tascher la source de l'ignée purité d'aucune marque d'imperfection. Außi noz courages, souz les influctions des Estoilles, sont poussez se-

Les choses de ce mõde estre escrites au ciel.

Que la bõté des astres n'est empirée pour les mauuais effects.

Le Feu materiel ayant source du superieur.

lon les mouuemens de colere ou desir, iusques au vice, combien-que les Estoilles ne soient touchées de vice aucunement. Venus influe, augmente & continue en nous l'amour necessaire, & l'ardeur charitable : comme ceste Planete de soy n'est autre chose qu'vn pur chariot (à parler Platoniquement) de l'Idée de benignité : mais ceste qualité procedante d'vne Celeste source, est deprauée en noz humeurs, qui au lieu de receuoir ces louables & vertueuses impressions, bouillent d'vne ardeur de luxurieuse lasciueté, & amour impudique. Mars d'vne genereuse chaleur escoule çà bas la magnanimité courageuse, qui empirée, rend le Martial impetueux, impatient & ami des armes, maniées outrageusement auec les mains cruelles. Saturne esleué sur toute Planete, presteroit la maiesté venerable, & la subtilité des contemplations profondes : mais ce diuin naturel se contamine & souille dedans nous, qui sommes faits stupides, estonnez & solitaires iusques à vne Misanthropie plus qu'inciuile. En cest endroit, Mantice continua la description des facultez & puissances des Planetes, lesquelles, bien que tresbonnes de soy, il prouuoit estre mal receuës en nous, dont par l'issue des mauuais effectz nous les iugeons mauuaises. Puis il adiouta : pensez, dit-il, que bien est accomplie la partition des Astres, qui doiuent estre corps Animez, ou inanimez : peuuent-ils pas estre d'vn tiers gendre, c'est à dire, ny l'vn ny l'autre, comme il est plus croyable ? Toutefois, de quelque qualité qu'on les conditionne, ils ont sans doute quelque force sur les mœurs, puis-qu'il est persuadé, que l'esmotion des humeurs leur appartient. Mais auec quelle necessité les doit on croire auoir, ou non auoir Ame, pour s'esgarer aux resueries d'Origene ? Voyez quelle consequence est celle là :

Cõme Venus influe aux hõmes les vices.

Comme Mars semble faire en nous mauuais effect.

Qui faict Que l'influxion de Saturne est mauuaise.

Qu'il n'est necessaire que les Astres soient ou animez ou non.

Ce corps est inanimé, donq par luy aucune animale action ne se peut esmouuoir. Resueillez, ie vous prie Curieux, voz raisons naturelles, desquelles vous faites tant inuiolable estat. Combien de Plantes peuuent esmouuoir & changer les mœurs, l'esprit & les offices de l'Ame? L'Ocimum, ou Basilic donne la Manie: & l'Hellebore la purge. Pline asseure l'herbe Doricniũ transporter l'esprit de telle follie, que qui en boit vne dragme, entrant en fol contentement de soy mesme, s'imagine vne extreme beauté: & qui plus en boit, deuient plus furieux. Et selon Dioscoride la graine de celle mesme herbe peut esmouuoir l'amour. Le Miel Trapesuntin (au rapport d'Aristote) fait fol l'homme de sens rassis: & d'vn contraire effect rend au fol vn bon entendement. Au temps qu'Antoine ramenoit du voyage contre les Parthes, son armée Rommaine, les soldats trouuerent par les deserts vne herbe de telle efficace, que celuy qui en mangeoit, transporté & esperdu d'esprit se consumoit, comme vn autre Sisiphe, en l'vnique & continuelle sollicitude de remuer vne Pierre. La Buglosse, surnommée Euphrosine, beuë auec du vin, accroist les voluptez de l'Esprit. Et le vin mesmes, comme est-il vigoureux à faire changer les mœurs? A l'authorité d'Aristote peut estre adioutée la familiere experience, qui preuue ceste liqueur commune esmouuoir l'ire, la douceur, la misericorde, l'audace, & autres passions d'vne miraculeuse diuersité. L'hierre, la Iusquiame, & plusieurs autres herbes, troublent l'entendement: ce-que fait la magicienne beste Hiene. De quelle miraculeuse puissance estoient douez le Moly & la Nepenthe Homeriques? La pierre Galactite, oste la memoire: ce-que fait l'vne des deux fontaines Trophoniennes en Boëtie, demeurant l'autre en

Que plusieurs choses sãs ame, esmeuuent les mœurs de l'esprit.

Ocimum.

Hellebore.

Doricniũ, & sa proprieté.

Miel Trapesũtin, & ses effects.

Herbe estrãge, trouuée par les Soldats d'Antoine.

Buglosse.

Le vin.

Hierre, ou hanebane.

Hiene, beste.

Moly, & Nepenthe.

Galactite.

Fontaines Trophoniẽnes en Boëtie.

Heraclitie, Fleuue. *proprieté de la rendre. Qui se bagne deux fois dans le fleuue Heraclitie, est changé du tout en vne autre nature. En l'isle* Fõtaine de Cée. *Cée est vne fontaine, qui fait stupides, & abestit les hommes: &* Eau de Cilitie. *en Cilicie vne eau se treuue, qui rend l'esprit subtil. La Terre Delphienne inspiroit la diuination: & tant puis-* Terre & air en Delphe. *sant estoit l'Air du creux Delphien, que les chieures esmeues & de voix, & de mouuemens miraculeux, outre leur nature, monstrerent à Corele (si i'ay memoire du nom) cheurier qui les gardoit, le moyen pour deuiner les choses aduenir. Mais ou cerché-ie les estranges & rares miracles de tel ef-* Chien enragé. *fect? Qui ne scet, & qui ne craint la morsure du chien enragé, trauaillant l'esprit d'vn tant miserable transport? N'est* Tarantole, yraigne. *le dangereux Phalange, ou yraigne Tarantole, assez esprouué? Apres la morsure duquel, la personne se persuade la mesme opinion pour vraye, en laquelle quelque affectionné souhait le pouuoit entretenir (à l'heure qu'elle aura esté picquée) comme d'estre Roy, ou beau, ou ieune, ou vieil, ou pauure, ou autres semblables choses. Les liures naturels sont remplis de telles choses: & les Magiciens sçauent Herbes, Pierres & Characteres qui esmeuuent l'amour, & at-* Aneau de Gyges. *tirent la faueur des grands. L'Aneau de Gyges, tant fameux que Platon l'a daigné raconter, éut efficace de faire l'homme inuisible, & donna à Gyges, qui estoit de la plus basse & vile qualité, le moyen d'atteindre à la coronne Lydienne, & espouser la Royne. Toutefois de tout cecy, quel corps est animé d'Ame suffisante pour faire action animale, si cest argument estoit vray? Donq ces choses Elementaires & corruptibles aurõt tant admirable efficace, & les Astres non! Ie me resous de croire, que les Estoilles allument & nourrissent les vies de tous les hommes par l'inspiration de* leurs raiz qui besongnent en nous, selon la capacité & constitution de nostre estre, & non selon la pure vertu de leurs qualitez puissantes sur nous, comme aßignées en corps plus excellens, que tous les animez, ou non animez de ce monde Elementaire : aussi priuées de toute malice & imperfection trop indignement imaginée, ou imputée au Ciel : car si l'influxion Celeste nous donne dequoy plaindre, c'est par faute d'entendre que la matiere procede le principal defaut, puis de la race du païs, de la coustume & de la nourriture. Toutes ces circonstances seront par le bon Astrologue examinées, pour entrer en certain iugement. Parquoy la naissance du pere peut estre considerée pertinemment, auant que iuger les accidens du fils : car les vies sont necessairement encheinées ensemble. D'où le subtil Prognostiqueur se fera voir sur tous les autres hommes familier de la diuinité. De ceste cheine en cheinons d'aneaux Platoniques, auec laquelle ce Monde est encheiné (selon l'offre de Iupiter Homerique aux autres Dieux) se peut tirer la verité de toute chose demãdée, & se peut choisir l'heure heureuse pour les elections : car des long temps le Ciel tournoye pour executer l'effect, duquel vous demandez premier d'estre aduerti : & peut l'Astrologue interrogué, lire dans les lettres du Ciel la responsé de la chose demandée, comme il y peut voir quelles sont les bonnes ou les mauuaises heures. Quelle response merite vostre moquerie, des tables de la demeure de l'enfant au ventre de sa mere? L'histoire est cogneuë & receuë en tesmoignage de verité, que L. Tarutie firmian, par les faicts la vie & la mort de Romule, trouua que ledit Romule auoit esté engendré le premier an de la seconde Olympiade à 3. heures du 23. iour du mois, que les Egyptiens appelloient Choeac (c'est à dire

Cheine du Destin, & de la vie.

L. Tarutie.

Choeac, alias mois de Decembre.

Toth. 12. de Septem.

enuiron le 13. de Decembre) à l'heure que se feit vne grande Eclipse de Soleil, & qu'il fut né le 21. du mois. Toth, c'est à dire le 12. de Septembre. Ne peut donq' estre recerchée la conception par la natiuité, puis-que par la mort & par la vie, la natiuité est retrouuée? Mais quand la conception ne seroit retrouuable, la natiuité me semble suffisante pour presenter le Ciel au iugement de l'Astrologie: Car combien-que la conception soit vn commencement de l'estre humain, si est l'issue du ventre de la mere la vraye generation, pource qu'à l'heure de la natiuité, l'enfant se parfait en la perfection d'homme par beaucoup de conditions qui luy defailloient estant encores fruict enclos dedans la mere. Lors il commence à respirer l'Air, subiect aux raiz & constellations Celestes: & l'attirant, s'abreuue des qualitez que les Astres & Estoilles auoient imprimées en cest air à l'heure de la naissance: d'où il aduient, que le bon Astrologue, sçachant celle heure & cognoissant la disposition & qualité des corps Celestes, voit comme en vn liure, là haut, les mœurs complexions & autres conditions futures de l'enfant. Dedans celle escriture est descrit l'Vniuers tant amplement, que Dieu s'y est voulu escrire, d'autāt qu'il s'est fait receuable de l'humanité, dont l'on ne doit s'apprester à rire de telle gayeté. Car si vous soustenez en approbation de toute pieté, que la paßion, voire toute la vie de Iesus-Christ, ha esté predite par les Prophetes, qui toutesfois ne sont reputez coulpables des effectz aduenuz selon leurs propheties, deuez vous scandaliser vostre Ame, oyant dire qu'il luy ha pleu d'inscrire la subiection naturelle (de laquelle il voulut se reuestir) en caracteres Celestes, la puissance desquels n'est cause de ce-qui aduint, mais plustost ce-qu'il auoit disposé le Ciel, selon sa volonté,

Que Iesus Christ, s'est mis souz l'influence des Astres.

volonté, de l'aduenir? Et puis vous inuoquez (Curieux) l'Anatheme & detestation des Theologiens. Et puis vous vous promettez que les Philosophes vous fourniront de raisons naturelles tant abondamment de tout ce qui aduient çà bas, qu'en exclamation de cause gaignée vous demandez: Que font donq les Estoilles? Vrayement en vostre argumẽt de la ressemblance des Pies aux Pies, & des Corbeaux aux Corbeaux,, ce qui vous fait douter, est cela qui m'asseure: car les oiseaux non seulement, mais tous les Animaux qui esclouënt, ou engendrent en saison arrestée & ordinaire, ont ressemblance de beaucoup l'vn à l'autre, chacun à ceux de sont espece, pource-qu'en celle saison mesme, en laquelle ils sont tous faits viuans, mesme constellation est disposée pour leur influxion, comme il est euident que le Soleil, & les Planetes, demeurent beaucoup de iours à courir par vn Signe. Mais les Animaux, qui ont vne nature d'engendrer, inconstante & muable de temps, c'est à dire ores en ceste, ores en vne autre saison, comme les Hommes, les Chiens, les Poules, les Pigeons, & quelques autres portent aussi, par la dissemblance de leurs figures & formes corporelles diuerses, bon tesmoignage des diuerses constellations puissantes en leurs naissance & generations. Et quand cecy ne resoudra suffisamment vostre doute, m'auez vous prouué la verité de la ressemblance des animaux d'vne mesme espece? Si ie la nie, qui me pourroit, mais qui se pourroit persuader soy-mesme auec bon iugement, qu'il eut vraye cognoissance de ceste tant expresse ressemblance? Qui soseroit asseurer d'auoir rencontré en toutes les Pies proportion d'egale mesure, de bec, de pieds, de serres, de iambes, d'yeux, mesme nombre & mesme longueur & grosseur de

Que les animaux sont subiets aux Astres, & la raison de leur semblãce, ou de leur dissemblance.

pennes & de plumes? Qui auroit les yeux tant certains, qu'ils peussent asseurer la blancheur & la noirceur en toutes Pies estre en mesme degré de couleur? Qui ne choisit aisément les vnes estre plus grandes que les autres? Ie vous prie, auec quelles oreilles, tant exercées fussent elles aux proportiõs des sons & des voix, pourroit-on prouuer qu'elles graillent toutes d'vn mesme entonnement? Mon ouïe m'a bien tesmoigné le contraire. Mais comme sçauons nous, que leurs imaginations soient semblables? Si nous ignorons les differences de nostre espece, comme pourrons-nous estre asseurez des autres? Ie voy tous les hommes auoir les yeux souz le front, le nez au milieu de la face, la bouche couchée entre le nez & le menton, cinq doigs en chacune main: bref ie voy tous les hommes tant semblables que rien plus: mais l'ordinaire conuersation que nous auons ensemble d'homme à homme, nous fait sçauoir discerner & choisir les moindres differences du plus, ou du moins, de la blancheur du teint, de la hauteur du front, de la longueur, ou autre forme du nez, & ainsi des autres differences tant menues & de petite mesure, qu'au mesurer du bec & autres membres de diuerses Pies, ou Corbeaux, les diuersitez se monstreroient en plus choisissable difference. Aussi oserois-ie dire, que les Animaux conçoiuent mesme imagination de nostre semblãce que nous auons de la leur, & qu'ils ne choisissent aisémẽt la difference, qui est de l'vn à l'autre homme, non plus que les hommes d'vne à vne autre Pie, ou d'vn Corbeau à l'autre. Combien voyez vous de Chiens, mescognoissans leur maistre pour auoir changé son accoustrement ordinaire? Ne s'en voit il, qui suiuront celuy qui sera monté sur le cheual, ou vestu des habits de leur maistre? Et toutefois nul

Considerations pertinentes.

animal se trouue plus cognoissant de l'homme, ou compagnon plus feable. Ie demeure en opinion, que chacune Pie ha quelque particuliere difference choisissable entre les Pies, & chacun Corbeau entre les Corbeaux, auec lesquelles tels Animaux s'entre-cognoissent: & par ainsi leur vniuerselle ressemblance est deuë à l'vniuerselle constellation de la mesme saison en laquelle ils sont tous faits. Et si vous me pressez par obiection des ordinaires & momentaires changemẽs des constellations, selon les diuers mouuemens Celestes, ie respons, qu'aussi ont-ils infinies, menues & particulieres differences: & que diuers accidens de mort & d'autres choses leur succedent, qui sont rapportables aux diuerses & differentes rencontres de diuerses & differentes Estoilles: mais si à faute de pouuoir penetrer iusques dans les secrets succez des Animaux (qui nous demeurent moins cogneuz, pource qu'ils nous fuyent, & se cachent de nous) nous pensons leur vie estre moins subiette à diuers Destins: reiettons au moins cela à leur brutale nature, qui n'a eu besoing pour sa perfection, d'estre embellie de tant de diuerses singularitez que l'espece humaine, & (si ceste comparaison vous semble receuable) considerons que, mesmes entre les hommes, ceux qui sont moins esleuez ou d'esprit, ou de biens, ou d'administration, viuent vne vie plus tranquile, moins subiette aux diuerses & estranges actions des destinées, que ceux, qui ont les grandeurs pour propre & affectionné subiet. Ainsi les Brutes, guidées par certain petit nombre de Destins, laissent la pluralité d'iceux aux hommes poussez par nature à plus diuerses & singulieres actions. Aussi, que chacun contemple en soy ses desseins deliberez auec leurs issues, & il verra qu'infinies choses luy aduiennent, lesquel-

Difference entre les Animaux.

les ny la prudence auoit preueu, ny la bonté naturelle ha peu empescher, ny la religion ou coustume du païs ha conduit: & desquelles aucune cause n'estant apparente de çà bas, l'on ne peut rendre raison receuable, que l'admirable puissance du Ciel, & des Estoilles: Ausquelles l'on oste malicieusement l'administration des causes, souz ombre de ce que nous ne les cognoissons, qu'obscurément: ou que les fautiues responses des professeurs, mal exercez & ignorans de ceste discipline, sont contraires aux effectz succedans: Car si l'erreur d'vn ignorant professeur de Geometrie, ne fait que les demonstrations Geometriques soient priuées de verité, pourquoy sera de plus seruile condition l'Astrologie, de laquelle l'on voudroit la verité estre mesurée selon les responses de son professeur ignorant, sans rapporter aucunement en conte les diuinations certaines, & predictions veritables (iusques au nom de miracle) qui ont esté données infinies fois? Ie cognois vn vostre parent (continua il, s'adressant à moy) grand aux affaires de France illustre de nom, & de rare sçauoir, qui ha, dix ans sont passez, les iugemens d'vn Genethliaque sur sa naissance, lesquels il ha trouuez tant veritables en ce-qui luy est aduenu, soit aux moyens & degrez de la grandeur, à laquelle de Gentilhomme priué il est arriué, soit à la disposition de sa personne, mesmes d'vne maladie (qui selon les mots expres de la prediction) meit sa vie hors de tout espoir entre les Medecins, que vous iugeriez l'Astrologue auoir, non preueu les choses aduenir, mais descrit vne histoire de chose ià passée. Qui dira que sa diuinatiõ soit rencontre fortuite & à l'aduenture, puis-quelle est de diuerses & differentes choses, & de tẽps diuers tant expressémẽt notez, que l'an, le mois, & le iour luy sont mis comme en

Que la faute ou la mẽsonge d'vn professeur d'Astrologie ne peut conuaincre la science estre fausse.

Prediction veritable.

date? Si la science Celeste, d'où il recueillit ses propheties, est fausse, de quelle part ha il receu ces reuelations? Ie ne compren qu'il y ayt rien au Monde Elementaire, qui preste tant intellectuelle singularité: Et toutefois ie ne me puis persuader qu'à chose tant bien ordonnée, defaille vne cause d'où elle procede, qui ne peut estre imaginée ailleurs qu'aux matieres & mouuemens Celestes. Ie dy mouuemens Celestes, pource-que si les mouuemens des corps inferieurs ont quelque action, comme le fer par l'approche de l'aimant se meult & (pour n'alleguer choses moindres auec les Cheuaux courans, & les Poules qui gratent, de Lucian) comme l'air par esmotion venteuse, par mutation de pluyes & de serein, peut tant sur noz dispositions corporelles, il n'y ha apparence de penser que les merueilleux & vistes mouuemens des Cieux fussent sans aucun effect. De tous les corps inferieurs ne sera iugé vn, qui ne soit doué de quelque vertu propre: & les Estoilles, desquelles la forme, la grandeur, l'ordre & les mouuemens, effacent en perfection & en beauté toutes autres choses, seront sans efficace: &, comme estourdies, vainement se remueront & courront par le Ciel? Les Philosophes naturels, voire vniuersellement tous les hommes, confessent rien n'estre au Monde inutile, rien de superflu, chacune chose estre appropriée à vn certain vsage. Le Feu, l'Air l'Eau, la Terre, les Mineraux, les Planetes, les Animaux, bref tout est dispensé en continuel exercice, & sans cesse embesongné au reciproque ministere de l'entretien du Monde Elementaire, fait pour l'espece humaine. Et les Estoilles de nombre, & de grandeur infinies en noz sens, n'auront autre exercice que de soy pourmener, sans s'employer aux continuels ouurages, desquels tout le reste du Monde se monstre

Que si le mouuemét des choses inferieures sont cause de quelque chose, les mouuemés Celestes ne peuuent estre inutiles.

officieux aux hommes? Ie ne me veux esgarer en ces Mondes Estoilliers, ny imaginer des Animaux autres que ceux, qui sont hostes des Elemens : & me suffit d'estre arresté enuiron les opinions prouuées, & approuuées de la plus honorable authorité, auec laquelle il me semble ceste science Celeste estre vraye, utile, & necessaire. Dieu par ses Celestes instrumens nous marque, & signifie sa gracieuse bonté: nous menasse de son iuste courroux par les signes des futures fertilitez, ou sterilitez, de pestes, guerres, mutations de religions, changemens & ruïnes de Republiques : nous aduertit à quelle profession nous sommes naiz, pour empescher qu'entreprenans contre le naturel & l'inclination du Destin, ne se face perte & de temps & de peines: demeurant toutefois à son absoluë puissance autant de libre disposition dessus les causes, comme il luy ha pleu d'en estendre aux causes sur les effectz. D'auantage nous donne cognoissance des commodes ou incommodes saisons, de semer, planter & recueillir les fruits : dresse par vraye & certaine obseruation de la communication qu'ont les Signes & Planetes auec le corps humain le salutaire usage de Medecine, qui descouure les particulieres causes dedans les corps, à l'aide de l'Astrologie, qui cognoit les vniuerselles & generalles de tout. Aussi vouloir contredire aux familieres experiences d'icelle, ou en demander les raisons plus curieusement, est se confesser (dit Gallien) vn de ces Sophistes, qui nous importunent de rendre raison des choses manifestement apparentes : combien qu'au contraire l'on doiue recercher les causes cachées & incogneues, par les euidentes apparences & les experiences ordinaires. Mais si l'on debat ceste science estre plus pauure en demonstrations, que n'est aucune des autres disciplines : soit

Commoditez de l'Astrologie.

la facilité des autres si viuement demonstrées, preuue suffisante de la legereté du poix de leur merite, & la difficulté de ceste, soit rapportée à son excellente grandeur, en reuerence de laquelle ce qui nous en est venu en cognoissance, doit plustost estre cherement conserué, que par disputes fondées sur les cauillations d'vne incredulité debattu en intention de le confondre & ruïner entierement. Et bien que i'aye confessé parmi les liures des iudiciaires quelque nombre de superstitieux & legers Apotelesmes (mieux notez par vous, croy-ie, Curieux, que les serieux & graues) s'estre emparé de lieu non merité, demeurera pourtant la discipline conuaincue & condamnée? Souz le pouuoir de semblable raison seroient esteintes toutes les humaines disciplines & sciẽces. La Medecine, embrouillée des si long temps (au tesmoignage de Dioscoride & Gallien) par les Empiriques, & autres superstitieux Herbiers, seroit priuée de l'honneur que luy ha acquis le necessaire & approuué vsage de son vtilité. La Iurisprudence, souillée par la barbare ignorance de mille populaires interpretes, delaissée, nous laisseroit retourner sans bride, comme cheuaux eschappez, en la brutalité des premiers & non policez hommes. La Theologie, entremeslée de tant d'humaines & volontaires constitutions, & ombragée de ceremonies excessiues, iusques à la plus dangereuse superstition, reiettée comme inutile, laisseroit effacer en nous celle vnique lumiere de noz entendemens, qui nous esclaire à la pure cognoissance de Dieu. Et la Philosophie entiere, d'estorce par infiniz deuoyemens de friuoles opinions, demeurant non suiuie, abandonneroit la raison humaine, qui, non cultiuée par les discours, deuiendroit compagne du sens naturel des Animaux. Voyez donq comme il est peril-

Quelques friuoles & legers Apotelesmes, ne doiuent faire estimer tout le reste estre faux.

La Medecine estre corrompue.

La Iurisprudence, estre corrompue

La Theologie estre corrõpue.

La Philosophie estre corrõpue.

leux de iuger le merite & la verité d'une discipline selon la legereté d'aucuns points mal mis par quelques professeurs, ou supposez faussement entre les fondemens vrais, ou asseurée certitude de ses effectz. Voyez encores comme ceux, qui se plaisent de contredire, laissent tromper & aueugler leur iugement par la trop violente & passionnée affection haineuse. Aussi aimerois-ie mieux disputer auec vn Pyrrhonien, Sceptique & Aporetique, & m'attacher auec l'opiniastre Anaxagore sur la blancheur ou noirceur de le neige, que prester plus ny ouye, ny parole à ces autres presomptueux Arcades, qui, pour auilir l'honneur, & rendre ridicule le pouuoir des Estoilles, se voudroient faire croire estre plus anciens que le Ciel ny la Lune. Mantice quittant la parolle, s'escriuit en la face assez lisablement, le despit qu'il auoit conceu aux parolles du Curieux, & le desdain qu'il prenoit de luy respondre d'auantage, quand le curieux moins piqué: Et bien (me dit-il souriant) desquels estes vous? Sçaurons nous rien de vostre opinion? A quoy ie respondis: Mantice descouurant en quelle reuerence il tient la Diuination, m'a refreschi en la memoire, qu'entre le peuple Indien, qui anciennement estoit diuisé en sept Estats, les Philosophes tenoient le rang plus honorable, auec ordinaire occupation chargée du ministere de leur religion, & de la preuoyance & prediction des choses aduenir: Car ils estimoient ceste faueur diuine n'estre eslargie qu'aux sages, comme à ceux, qui (si autres hommes le pouuoient) se rendoient les Dieux amis & familiers. Mais si quelqu'vn de ceux, qui s'exerçoient en l'vsage de Diuination, estoit prouué par trois fois mensonger, & trompé en ses presages, le meffait de son ignorante presomption estoit puni d'vn silence perpetuel:

Philosophes prisez entre les Indiens.

Mensonge des Deuins puny entre les Indiés.

Coustume

Coustume bonne, & institution tant louable, que ceste nation ha attiré à soy l'admiration de tous les excellens Philosophes anciens, & les mesmes personnes d'vn bon nombre de ceux, qui estoient esleuez au degré du plus. Eudoxe alla voir & oüir Conuphée de Memphis, Pythagore visita Oënuphée Heliopolitain, & Solon, Sonchite Saïtain: Thales, Platon, & Lycurge veirent le païs Indien: Comme feit l'admirable Apollonie Tyanien, qui pour se contenter le desir de voir & oüir des hommes tant diuins, chemina le lointain voyage de celle region, en laquelle pource-que le mensonger estoit puni, la verité estoit enquise plus curieusement, & certainement rencontrée. Que fut tel edit publié en noz Gaules, Mantice! à fin que vous & le Curieux puißiez estre accordez, & moy tiré d'vn doute difficile: Car si tous les Deuins disoient vray, le Curieux se confesseroit vaincu par preuue & experience de la non refusable certitude de l'Art: Et si l'Art estoit faux, les Prognostiqueurs punits, dans peu de iours le laisseroient en friche. Dont ne se trouuant personne qui le cultiuast, vous mesmes quitteriez l'opiniatrise, auec l'opinion de chose fausse: & moy, ie serois asseuré du vray ou du faux de chose dont ie doute. Ie vous ay quelquefois aduoué que ce mesme desir qui vous paßionne pour la science des choses aduenir, m'a tellement entretenu, & ie puis dire trompé les premiers ans, que ie n'ay espargné ny l'estude, ny la peine, ny ce-que i'ay peu du bien, pour acquerir ce don qui me sembloit le plus souhaitable, que ce Monde peust clorre: voire que les Cieux nous peussent departir. I'ay esté en queste des Daimons & Esprits auec les armes requises en telle entreprinse, mais ie n'y sceuz onques voir n'y oüir que la finale moquerie de ma

Philosophes mensongers punits.

Curiosité.

folle superstition. I'en ay autrefois recueilli & experimenté infinies receptes, & formé cent & cent caracteres monstreux: mais tout cela me succedoit comme l'espoir fumeux de l'Elixir aux Alchimistes: Occasion, qui m'aduertit de communiquer auec les Philosophes naturels, &, chassant de moy toutes ces friuolles & pernicieuses persuasions, m'adresser à la Iudiciaire Astrologie, de laquelle ayant veu, & le pour, & le contre, debatu diligemment par plusieurs doctes & graues personnages, tant anciens que de ce temps: & formant de moy-mesme diuers argumens & pour l'vn & pour l'autre, ie suis demeuré suspendu entre l'ouy & non: aimant mieux rester encor douteux en subiet tant serieux, que legerement me liguer d'vne part, qui possible, seroit plus foible & la moins soustenable. Bien est-il vray, que la façon, auec laquelle besongnent tous ceux que i'ay veuz en ce temps prédire & deuiner, me semble tant impertinente, qu'encores que les Cieux leur ouurissent le sein, & que chacune Estoille descouurist aussi clerement le Destin, duquel elle seroit ministre, comme son feu brillant aux plus sereines nuicts, ils n'en sçauroient prognostiquer vne verité seulle: car par l'ignorāce en laquelle ils sont, des vrais mouuemens celestes & Planetaires, sur lesquels toute la partie diuinatrice est fondée, les yeux leur sont fermez entierement. Ce que ie dy, est tant euident, qu'il n'a pas besoing de grande preuue: Et s'il plaist à quelqu'vn d'experimenter combien sont insupportables les fautes des Tables vulgaires, soit d'Alphonse, ou de Blanchin, ou des autres semblables, lieue l'œil la nuict contre le Ciel, & il trouuera les Pruteniques trop plus approchantes la verité: ce que i'ay obserué, & pense auoir esté obserué de plusieurs autres aux conion-

Que les Iudiciaires, & Prognostiqueurs de ce temps, ne peuuent asseurer le vray.

Les mouuemens celestes mal cogneuz, empeschēt que l'on puisse seurement prognostiquer.

Contrarietez entre les Tables Astronomiques, & les Ephemerides.

ctions dernieres de Mars & de Venus, & de Venus à Saturne: mais tre-seuidemment en l'Eclipse Lunaire de ce mois d'Auril 1558. Vrayement ie ne voy, Mantice, que vous puissiez estre receuable en voz iugemens, si les vrais lieux des Planetes ne sont exprimez en voz figures des douze Celestes maisons: pour bastiment desquelles les Tables des mouuemens, ou les Ephemerides sont employées de tous voz professeurs. Mais voyez ausquelles ils se deuront fermer. Celles de Iean Stade, calculées selon la correction des mouuemens Celestes, par l'honneur des Mathematiciens, Nicolas Copernic, & son imitateur Erasme Rheinhold, sont en tout differentes à celles des Alphonsins, de Pierre Pitiate, & des autres, & ce de trop inappointable different: car il n'y ha lieu de lumiere, ny Planete accordé entre eux: mesmes tant discordamment, que Mercure direct à l'vn, est retrograde à l'autre, outre la difference de dix degrez & plus. Iofranc Offusien, duquel i'acquis la cognoissance & l'amitié auec grand contentement, passant à Dieppe, (sont enuiron deux ans) en ha fait voir, pour vn an seulement, que ie sache, differentes de toutes les autres: par lesquelles il nous donne espoir de iouïr du proffitable fruit que doit apporter son labeur, sa doctrine & sa gentile dexterité d'esprit. Auquel recourez vous? Soient les Stadiennes, ou Offusiennes mises en vsage, comme plus approchantes de la verité: vous semble point l'erreur, qui y peut estre, laisser grande importance? Ie ne voy digne merite de creance aux iugemens fondez sur ces incertitudes. Mais posons en fait confessé, que vous sachez les mouuemens au vray: de quel ordre nous bastirez vous les douze maisons pour figurer l'estre du Ciel au point qui vous sera presenté? Vrayement ceste discorde

Iofranc Offusien Mathematicié

Contrarieté entre les Iudiciaires sur la façon de dresser la figure du Ciel.

entre les Astrologues est de tel poix à mon aduis, que possible peu d'autres plus viues raisons suffiront pour les conuaincre de mensonge & de vanité. Si vous constituez les maisons par egale diuision du demi cercle du Zodiac, l'Equateur sera diuisé inegalement. Si vous les dressez par diuision du demi cercle de l'Equateur, le Zodiac demeurera inegalement diuisé. Si vous y procedez par l'egale diuision du demi cercle Vertical, descrit sur la section commune du cercle Horizontal mis en deux egales parties, & tendant au Meridionnal perpendiculairement, le Zodiac & l'Equateur seront coupez en pieces inegales. D'où il aduient, qu'en l'vne des façons vne Planete, ou vne insigne Estoille sera en vne maison pour fauoriser, & selon l'autre façon, elle sera en vne maison dommageable. Ainsi vne naissance, vne election, ou vne interrogation, sera subiette à deux ou trois iugemens differens ou contraires, selon les differentes edifications des maisons figurées. Que pouuons nous donq esperer en ceste discorde? Chacune opinion est authorisée de bons & receus Autheurs: infinis iugemens ont esté faits sur ceste & sur celle figure. Ie ne voy en bonne foy moyen de m'effacer ce doute, ny raison de m'asseurer en tant hazardeux iugement. Mais voicy nouueau scrupule, non moins difficile à resoudre, que l'autre.

Contrarietez & difficultez non resolues ou accordées entre les Astrologues.

I'imagine que les Iudiciaires soient accordez en la façon de figurer les Celestes maisons, qu'ils ne soient confus par tant de diuerses opinions sur la reuolution des ans du Monde, sur le nombre & la disposition des Cieux: qu'appointées soient entre eux les contrarietez de la nature des Triplicitez, Degrez, fins ou termes des Planetes, Conionctions vrayes, moyennes, & toute celle tenebreuse nuict de difficultez obscure, & non esclarcie ny des vns, ny des autres, mais opiniastrée en parties opposées. I'auouë plus, que les Apotelesmes farciz de mille legeretez & contrarietez par le grand nombre des Rhapsodes, & ramasseurs, qui ont chacun à sa fantasie adiousté, & songé (pour ne dire resué) outre ce-que les plus vieux auoient escrit. I'auouë, di-ie, que les Apotelesmes, & ordonnances de iuger, soient vrayes & infallibles. Considerons (ie vous prie) auec quelle discretion auiourd'huy elles se pratiquent par voz Deuins. Les anciens obseruateurs du Ciel, remarquans les Estoilles plus notables, diuiserent le Ciel en douze parties egales: en chacune desquelles ils sur-nommerent de certains noms, & depaingnirent de certaines figures les estoilles qui y estoient semées: comme du nom du Mouton, celles qui estoient en la premiere partie de ces douze, ou dedans, ou ioingnant celle bande, que les Grecs appellerent Zodiac: du nom de Taureau, celles qui estoient en la deuxieme: & ainsi des autres: tellement que sur les obseruations se fondent demõstrations certaines, que six, ou sept cens ans auãt Ptolomée, la premiere Estoille des cornes du Moutõ estoit au premier point de la premiere des douze parties du Zodiac, qui encores auiourd'hui est nommée de ce nom: mais il est aduenu par le mouuement que les Estoilles du Ciel huitieme font d'Occident en Orient (contre l'ordinaire & iournallier mouuement de l'Vniuers poussé d'Orient en Occident) que les Signes (i'enten les Estoilles mesmes) se sont tãt retirées que celle Estoille premiere du Mouton (qui auant Ptolomée estoit au premier point, & de son temps au sixieme, quarante minutes de la premiere partie, douzieme du Ciel) est reculée, selon l'ordre des Signes de vingt-sept degrez trente-huit minutes du premier point, & de vingt degrez cinquante-huit mi-

Que les Apotelesmes anciens, ne peuuẽt seruir aux Prostiqueurs de ce temps pour les mutatiõs de l'estat du Ciel, mesmes des Estoilles de la huitieme Sphere.

Certaine reuolutiõ peruertie.

nutes loing du point, auquel la remarqua Ptolomée. Espace, duquel les Estoilles de tous les Signes se sont eslongnées de leur ancien lieu : Tellement que la plus grand part d'iceux ont empesché la place l'vn de l'autre: estant le Mouton reculé en celle du Taureau, qui se recompense en partie sur les Iumeaux, lesquels nous voyons entierement estenduz sur la place du Cancre : ainsi que vous sçauez qu'adioutant vingt degrez & cinquante-huit minutes aux constellations descrites par Ptolomée, vous auez en ce temps le vray lieu des Estoilles. Comment donq peuuent les anciens preceptes de iuger, s'accommoder à la face auec laquelle le Ciel nous regarde en cest aage? Le Soleil est maintenant marqué au quatrieme degré du Taureau, tenu par les Vergilies, ou la Poussiniere du temps de Ptolomée : & maintenant par le museau & les pieds de deuant du Mouton. Quelle ressemblance y ha-il entre ces deux images? Ils dyent le Mouton estre Signe ignée, chault, masculin, iournel, Oriental : & le Taureau terrestre, froid, feminin, nocturne & Occidental (comme oserez vous iuger selon les effectz promis par les Apotelesmes anciens, quand le Soleil sera au quatrieme degré du Taureau, c'estoit à dire, quand le Soleil seroit logé auec les Vergilies) veu qu'estant au quatrieme du Taureau, il est eslongné d'elles pres de vingt degrez, & accompagné d'vn Signe de tant contraire qualité? La Lune passe par les premiers degrez du Mouton, où toutefois se voit la constellation des Poissons. Iugez, selon voz reigles Iatromathematiques, recueillies auant l'aage de Ptolomée, que les Signes se rapportoiēt aux parties douziemes, appellées de leurs noms, & vous asseurez de quelque heureuse operation. Puis-que les Poissons ont regard aux piedz, & le Mouton

Erreur des Prognosti.

à la teste, à laquelle de ces deux extremitez vous addresserez vous? La Lune est parmi les Estoilles qui regardent les piedz: neantmoins vous l'appliquez au Signe de la teste. Semblable impertinence se recognoit en toutes les Planetes. Saturne est en l'onzieme degré du Taureau, où maintenant luit encores quelque reste du Mouton: & au temps de Ptolomée y luisoit le bel œil du Taureau, Iupiter est en l'onzieme du Verseau, duquel l'image au temps de Ptolomée y auoit la main droite: qui maintenant ha laissé le lieu aux Estoilles du Capricorne. Mars est au vingtieme du Taureau, duquel la corne Australe tenoit anciennemēt ce lieu où il assied maintenant sa droite espaule. Venus au dixieme des Iumeaux (au temps de Ptolomée) eust esté accompagnée de l'Estoille luisante au bout du pied droit de Castor, le premier des iumeaux: qui eslongnez de là, y ont laissé entrer les cornes du Taureau. Mercure est noté au neuuieme degré du Mouton, où maintenant sont quelques Estoilles du lien des Poissons, au lieu de la teste du Mouton, qui anciennement y monstroit ses Estoilles. Il me semble que ce remuement d'Estoilles, engendre vn trop confus des-ordre pour les iugemens. Car ce-que s'acquiert vne Planete par le rayonnement qu'elle reçoit souz vn image ou vne Estoille fixe, ne dure qu'autant que le temps de leur assemblement: & change d'efficace (si voz discours, Mantice, ne sont mensongers) au changement de Signe, ou eslongnement de l'Estoille. Donq l'effect, lequel anciennement le Soleil, ou vne Planete executoit au quatrieme du Taureau auec les Vergilies, ne peut estre semblable en nostre temps, à celuy, qui s'executera en ce mesme degré auec les estoilles du Mouton. Ainsi demeurent les Apotelesmes inutiles, voire trom-

peurs, si l'on les pratique sur les douziemes parties du Zodiac) qui sont immobiles par apparence des points Equinoctiaux & Solsticiaux) & non sur les mesmes Estoilles, desquelles nous recognoissons les influences, vertus & efficaces. Car si vous excusez ceste grossiere imitation, qui vous fait nommer le Mouton celle partie du Ciel, en laquelle anciennement estoit la constellation & image du Mouton, feignāt vne Sphere neufieme diuisée en douze immobiles Signes, & de laquelle s'escoulent les puissances çà bas, & non de la huitieme, en laquelle est le Zodiaq Estoillé. Ou si (comme ie pense vous auoir ouy toucher en passant) telles vertus d'influxion sont cōmunes, & à la place douzieme (qu'ils nomment Dodecatemorion, & que nous obseruons pour les Signes vulgaires) & à l'imagée constellation par ensemble: & qu'à ceste raison demeurent les Apotelesmes tousiours capables d'vsage: i'oppose la discorde de la Sphere neufieme niée de plus doctes Astronomes, & incogneuë, au moins non nommée (quoy qu'on dye par Ptolomée, & de laquelle nous defaillent les apparences, comme d'vn corps imaginé, non visible, ou subiet aux Astronomiques obseruations) seul fondement des Apotelesmes. D'auantage, & l'vne & l'autre excuse ruïne toute la Iudiciaire priuée: ou du moins demeurāt confuse aux fins ou termes, dans lesquels les sept Planetes se plaisent en chacun Signe: & conuainq, comme friuole, celle introduction Astrologique de Ptolomée, & des autres qui discourēt la nature & efficace des Estoilles fixes. Mais si la vertu est au Ciel, & non aux Estoilles, pourquoy dyent-ils celles qui sont en la teste du Mouton, auoir efficace entremeslée de vertu Martiale & Saturnienne: les Vergilies se ressentir des effectz de Mars & de la Lune

Excuse pour les Iudiciaires.

Nullité de l'excuse.

ne

ne? Celles qui sont là où le Taureau semble estre coupé, estre de vertu ressemblante aucunement à Saturne & Venus? Et ainsi des autres non seulement peintes au Zodiac, mais semées çà & là par le Ciel vniuersellement? Ceste façon de se contredire est trop oublieuse. Et si nous auons à remercier le Ciel des effects & non les Estoilles, c'est parolle vaine, & louange perdue de les en honorer. Reste, que si la communauté de vertu entre le Ciel & les Estoilles vous semble receuable, vous cerchez nouueaux Apotelesmes: car ceux, qui furent escrits sous les experiences faites au temps que les Signes imagez & Estoilliers estoient chacun en celle partie du Ciel, auec laquelle elle estoit en communauté de vertu, comme l'image, ou les Estoilles du Mouton au premier Dodecatemorion, l'image du Taureau au second, & ainsi des autres, sont sans vigueur maintenant que l'assemblement, par lequel ils furent approuuez puissans, est desioint, & que les images sont ostées de leurs places. A ce-que ie voy (m'interrompit Mantice) ie suis delaissé de vostre adueu, duquel ie m'asseurois, sçachant auec quel continuel plaisir vous exercez l'Astronomie, & recerchez les mouuemẽs des Astres: labeur, lequel ie ne vous estimois auoir despendu à autre fin, que pour en recueillir maintenãt le fruict au desirable exercice des predictiõs, outre lesquelles ie ne voy ny croy rien admirable en ce Monde. Grandement me delecte (reprins-ie) la consideration des mouuemens Celestes vtile & necessaire (pour diuerses raisons) à l'entretien des Republiques, par l'obseruation des saisons, guide des constitutions religieuses, & autres causes, desquelles l'vsage est familier aux hommes plus vulgaires. Mais ie ne puis embrasser de bon cueur la Iudiciaire, auant que les mouuemens soient bien exacte-

Conclusiõ de l'Autheur, sur ce qui seroit requis, pour la restitution de l'Astrologie Iudiciaire.

www.ingramcontent.com/pod-product-compliance
Ingram Content Group UK Ltd.
Pitfield, Milton Keynes, MK11 3LW, UK
UKHW012237240726
13966UKWH00003B/1139

9 782013 092265